Bernie Palmer

Émile Milliard

et les tentacules
de la tarentule

Éditions Dédicaces

ÉMILE MILLIARD, ET LES TENTACULES DE LA TARENTULE
par BERNIE PALMER

DU MÊME AUTEUR :

- Moi, Emile Milliard (Éditions Dédicaces, 2012)
- Planète en sursis (Éditions Dédicaces, 2013)

Dépôt légal :
Bibliothèque et Archives Canada
Bibliothèque et Archives nationales du Québec

ÉDITIONS DÉDICACES INC
675, rue Frédéric Chopin
Montréal (Québec) H1L 6S9
Canada

www.dedicaces.ca | www.dedicaces.info
Courriel : info@dedicaces.ca

Bernie Palmer

Émile Milliard

et les tentacules
de la tarentule

Chapitre 1 – Désir, plaisir, mourir, zzz

J'ai sans doute besoin d'un certain succès planétaire ou même cosmique, quoique la dimension cosmétique ne soit pas à négliger non plus. Ma beauté magnétique est l'un de mes outils de travail après tout. L'équivalent du marteau pour le requin-marteau par exemple. Ou des trois paires d'antennes pour le homard. Des tentacules pour la tarentule, dites-vous? Si vous y tenez absolument, allons-y donc pour les tentacules de la tarentule. Voici donc la tarentule à tentacules qui danse la tarentelle pendant que la tourterelle roucoule avec le tourtereau. Enfin, je n'irais peut-être pas jusque-là. Le sens figuré nous suffira amplement, je crois. Même s'il n'y a rien de trop folichon pour votre orgueilleux serviteur. Les tentacules de la tarentule. Humm… Quel concept quand même. Félicitations. Vous m'épatez. Et les skis du poisson-scie aussi, tant qu'à faire? Wo bec! Les skis du poisson-scie! Vous n'y allez pas avec la main de la mer Morte. Pourquoi pas le casque de bain de la pieuvre un coup parti?

Quoi qu'il en soit, laissez-moi vous dire que c'est une histoire passablement sérieuse qui mijote ici. J'aime autant mettre les choses au clair dès le départ. Et ne vous laissez pas distraire par cette entrée en matière un peu olé olé. Mesdames, mesdemoiselles et messieurs, j'irais même jusqu'à affirmer qu'un drame risque de se jouer bientôt ici même sous le couvert des galipettes futiles d'un joyeux concombre de banlieue. Une sorte de drame assez particulier si on peut dire. Le drame d'un homme qui plaît à trop de femmes à la fois. Eh oui, c'est comme ça. Le drame d'un homme usé par l'amour rémunéré et le sexe débridé avec les plus riches et les plus belles bourgeoises de banlieue maudite. Quelque part en banlieue d'Aldébaran peut-être? C'est possible. Tout est possible ici. Même l'histoire d'un homme qui croule sous les caresses folles d'une nuée de femmes passionnées. Eh bien oui, c'est ça qui est ça. Quelle histoire, n'est-ce pas. Versons quelques larmes, le moment est bien choisi, je crois.

Et souvenons-nous que l'humour est une chose extrêmement sérieuse, et parfois même mortelle, comme vous le savez sans doute. On commence par rire à n'en plus finir, puis un hoquet sournois s'en mêle subrepticement, on avale ensuite un peu d'air de travers et hop la galère, on se retrouve mort. Mourir de rire. C'est ça qui est ça. L'abîme n'est pas si béant que ça entre le rire et le mourir. Enfin, le sens figuré aurait sans doute été suffisant ici aussi. Comprenne qui vivra et vivra bien qui vivra le dernier. Et l'humour est également une affaire plutôt rémunératrice semble-t-il. Enfin surtout pour quelques surdoués. Mais qui s'en soucie vraiment. Le bonheur des uns ne fait pas le malheur des autres. Et vice versa dans le qui vivra verra.

Dans le cyclone coutumier de mes pensées disjonctées du petit matin, je me demande parfois s'ils admettraient un concombre cosmico-cosmétique de mon espèce à l'université de l'humour. Qui sait si je ne me laisserai pas tenter par un doctorat, un de ces quatre vendredi. J'ai déjà un titre de thèse assez prometteur que je proposerais bien humblement : La pelure de banane – De l'homme des cavernes à Émile Milliard. Une rétrospective de l'histoire humaine vue sous l'angle de la pelure. Et une série de gros plans sur la chute inévitable qui s'ensuit. J'ai quand même une certaine expertise dans le domaine. Je dirais que le projet est à l'étape de la rumination propitiatoire. C'est comme une sorte de loterie avec l'au-delà. Hou, hou… la, la.

Un jour, un de ces fameux jours qui ne ressemble à aucun autre, la Terre entière va s'esclaffer au même moment, mais ce n'est pas après-demain l'avant-veille. Et qu'est-ce qui pourrait bien faire rire la Terre entière et ses banlieues à l'unisson un bon matin? Quel joyeux génie réussira à inventer la première blague qui réjouira tout le monde sur cette chère planète? Est-ce même possible? Est-ce même pensable? L'enjeu est de taille. Rire tous ensemble pour éviter le pire ou mourir en se tapant mutuellement sur la gueule jusqu'au dernier? Que l'on réunisse sur-le-champ les meilleurs humoristes au monde et qu'ils nous fassent rire jusqu'à la fin des temps. S'ils pouvaient nous faire rire jusqu'au prochain week-end, ce serait déjà pas si mal. Malgré les risques terribles associés au rire. N'insistons pas trop là-dessus quand même. Et avant que notre propre bêtise collective finisse par détruire les restes de cette planète à l'agonie. Le premier rire universel sera-t-il la planche de salut de l'humanité? Et non pas seulement la planche à billets d'une infime minorité.

Par la même occasion, ce fameux rire universel tant attendu serait-il capable de ralentir un peu la bête de l'avidité incommensurable qui s'affaire à bouffer ce qui reste de la planète et des humains? Et si nous comprenions un jour que nous sommes, chacun d'entre nous, une infime partie de cette bête redoutable qui s'affaire à se dévorer elle-même? Ouais, ouais. Une infime partie en effet. Et il y en a d'autres qui sont beaucoup moins nombreux, mais autrement plus voraces, comme les vampires de la haute finance, les dinosaures de l'énergie fossile et tous les autres fossoyeurs de l'humanité. L'appétit vient en mangeant. Mangera bien qui bouffera son premier milliard de contribuables cadavériques en premier.

Comme on le voit très bien ici une fois de plus, le drame n'est jamais bien loin sous la surface fallacieusement joyeuse du rire banal de banlieue maudite. Ni vice, ni versa. Mais c'est quand même mieux que d'imaginer une énième guerre ou une nouvelle maladie. Surtout qu'il y en a d'autres qui le font déjà beaucoup mieux que vous et moi. Et si les hypothèses les plus invraisemblables d'aujourd'hui devenaient des banalités dès demain ou après-demain? Ou bien préférez-vous une autre question?

Et si nous posions plutôt l'hypothèse à succès suivante. C'est l'histoire d'un gars, un gars-là, comprends-tu, un gars qui se lève un bon matin, un gars qui se lève un bon matin vert comme un sapin (bis), tsi guidou tsoin tsoin, un gars qui se lève donc, un bon matin – le soleil était à peu près haut comme ça au-dessus du bois – et qui dit à son animal intérieur : « Dis donc, toi, mon animal (au choix : mon chien, mon chat, ma tarentule, mon rat ou mon poisson-scie, si vous y tenez absolument), qu'est-ce que tu penserais de ça, si je te disais que… »

Et bien voici. Et bien voilà. « In mortem brevis picante und vorstang bing bang à gogo », comme disait cet autre gars, l'autre jour, en parlant de tout et de rien au coin de la rue. Une tout autre histoire, qui n'a strictement pas grand-chose à voir. Ni le soir, ni le matin, ni ce fameux matin où le gars se lève avec un sapin de travers dans la gueule ou un steak d'orignal dans le ragoût de pattes.

Quoi qu'il en soit, et si les contingences de mon succès planétaire appréhendé l'exigent, je peux aussi enchaîner avec ma fameuse recette de tranches de serpent et croûtons du gigolo marinés au cognac. Et provoquer du même coup un tsunami de rires à la grandeur de la planète? Ou une épidémie d'indigestions ou de morts subites? Commençons par le commencement et on verra bien ce qu'on verra, ma gang de verrats. Je n'insulte personne ici, je parle simplement à certains de mes animaux intérieurs. Et j'en ai un certain nombre qui m'attend dans le détour du décor. Le gars fait son possible avec sa ménagerie personnelle.

Or donc, qu'en est-il de cette fameuse recette annoncée ci-haut à phrase que veux-tu? Pas de panique les bésicles. Puisque vous y tenez absolument, voici donc un aperçu du chef-d'œuvre culinaire en question. Attention, c'est parti, c'est par là, enfin, par-ci, par-là, et vive la gastronomie reptilienne. Saisissez-vous d'abord de quelques douzaines de tranches minces de gros serpent que vous ferez mariner toute la nuit dans l'alcool le plus pur. Vous aussi vous pouvez mariner dans l'alcool une partie de la nuit, ça ne peut pas nuire non plus. Et n'oubliez pas que la tranchette de couleuvre ou d'anguille se présente également très bien en entrée. Le lendemain, à l'heure prévue, ou quand ça vous le dit, échappez subtilement vos tranches de serpent sur le feu de l'enfer durant quelques secondes. Et dégustez ensuite en forêt, avec des convives ou de la moutarde. La nouvelle cuisine à l'ancienne revampée à la moderne ne cesse de m'interpeller. Une bouteille de rouge foncé pourra également être présente lors de la dégustation. Ou tout spiritueux qui décape le citron. Un petit caribou, bou, bou, par exemple. Glouglou. Paf! Boum! Ayoye! De retour après la pause pour notre fameuse recette de carottes cuites au cognac, le complément parfait des tranches de serpent et croûtons du gigolo pur sapin.

Et si nous revenions maintenant à nos moutons. Pensez un peu à tous ces animaux qui vous habitent. Eh bien oui, c'est comme ça. Il y a un certain nombre d'animaux qui vous habitent, quoi que vous en pensiez. Appelez-en donc un ou deux, juste pour voir si vous êtes capable.

— Animal! Ô toi, l'animal! bredouille un lecteur incrédule.

— Oui, bravo, c'est un bon départ. Allez-y, continuez, de radoter l'auteur.

— Animal! Ô toi, l'animal! Oh toi et moi, dans le même décor du même corps, d'ajouter une lectrice avec une certaine assurance.

— Bravissimo. C'est excellent. Encore, encore, d'ânonner l'auteur.

— Oh! Toi et moi, dans le même corps du même décor, de débiter un autre lecteur un peu distrait.

— Pas trop pire. Incompréhensible, mais pas trop pire. Allez-y, continuez. La poésie du rythme est plus importante que le sens des paroles, de roucouler l'auteur.

— Animal! Ô toi et moi, mon animal! Grrr, grrr… de s'écrier une autre lectrice en rugissant presque de plaisir.

— Eh bien, eh bien, hé bien. Vous avez du talent, ça se voit tout de suite. J'ai presque le goût de vous imiter, d'ajouter l'auteur, narquois comme un cobra en goguette.

Animal! Ô toi l'animal, s'il est vrai que tu n'es jamais bien loin sous le mince vernis humain, souviens-toi que certains de tes représentants ici-bas sont nettement plus savoureux que d'autres. Hé oui, c'est comme ça. Sérieux et complètement dingue, si toutefois la chose est possible. Un vrai concombre avarié. Certains de tes représentants, disais-je donc, comme le remeuglard strié ou le ramicorne festif. Deux espèces prometteuses. Filet de remeuglard à la mode cannibale. Ou gigot de ramicorne braisé au bûcher. Le choix est si vaste. Surtout quand je pense à toutes ces bêtes imaginaires qui peuplent mes cauchemars les plus féroces, qui me poursuivent dans les profondeurs abyssales de la cage azurée qui me tient lieu de terrain de jeu…

Et dans cette cage cosmique infiniment vaste comme l'univers, où nous examinons nos propres pensées en croyant observer des planètes, des étoiles et des galaxies, il y eut d'abord le Big Bang, et cætera, et cætera, et puis, me revoici, me revoilà. C'est comme ça. Le temps passe si vite à notre folle époque, il me semble que c'était hier, la création du monde. Et dire que je n'ai pas encore renouvelé ma garde-robe d'automne. Misère de masure à bœufs. Où s'en vont donc le cosmos et ses banlieues, je me le demande. Mais que dire de plus que : me revoici, me revoilà, donc, réinventé dans une carnation florissante évoluant au diapason de l'univers, rien de moins. Quasiment pas pire. De retour de mes abîmes personnels vastes comme la mer et le ciel. Revenu de tout et de rien et plus brillant qu'une explosion d'étoiles un soir d'apocalypse. Rien de trop beau pour Émile Milliard. Joyeux comme un macaque et aussi rusé qu'une carotte. Lâche pas mon mi-Mile, t'es capable. Je m'abîme en abysses entre les cils humides d'une sylphide lubrique. Je m'échine en abscisse entre les cuisses avides d'une déesse qui s'en crisse. Je bamboche comme je peux du soir au matin, prêt à reconquérir le monde, et surtout ses belles bourgeoises de banlieues. Et souvenons-nous que la belle bourgeoise de banlieue est aussi un petit animal qui cause parfois avec sa ménagerie intérieure… Ou la la…

Et revoici, revoilà, très bientôt, une autre richissime banlieusarde en manque qui s'apprête à viser dans le mille du mi-Mile, ou pire encore, dans le Milliard, dès que ma silhouette de rêve s'immisce dans son environnement mental. Quelque chose comme ça. Enfin, comme ci, comme ça. Un jour, j'inscrirai certains de mes engins à la Bourse, section valeurs refuge et bouées de sauvetage de la nouvelle nantie de banlieue.

J'ai besoin également d'une foule d'autres choses dans mes vies parallèles, perpendiculaires ou obliques. Et je rêve encore comme un concombre mariné de relever des défis à ma démesure, où je miserai le tout pour le rien une dernière fois, avant de crever au petit matin, agonisant de mon corps mirifique dans les fantasmes d'une autre milliardaire inextinguible. Certaines sont particulièrement affamées de chair fraîche dans son plus simple appareil. La femme richissime demeure un mystère entier même pour un pseudo-spécialiste comme votre humble serviteur, ce fabuleux mi-Mile du Milliard lui-même, qui s'évertue à se rehausser le portrait à grandes envolées de ses bijoux précieux.

Je fomente parfois le projet d'anoblir mon propre nom pour mieux vibrer à l'unisson avec les biorythmes célestes de mon auguste clientèle. Deviendrai-je marquis, comte ou vicomte? Vice-roi ou roi du vice? Vicomte Émile du Milliard. Quasiment pas pire. Ou bien baron du caleçon ou archiduc de la patate ou de la prostate? La vie est remplie de surprises patatoïdes. Alors que la jolie nabab de banlieue se métamorphose souvent en une jungle luxuriante qui ne cesse de me survolter le corps et l'esprit ou vice versa dans le vif du sujet.

Je crois bien, je crois même très bien, que j'ai besoin d'un succès bœuf pour me délivrer d'un spleen incurable qui me ronge la carcasse et peut-être aussi l'aloyau, sans même parler de la palette, ni de mes autres biftèques de chair humide de plus en plus recherchés par un certain public. Un public trié sur le volet à l'image de ma Sporsche qui ne me lâche jamais d'une semelle sur cette bonne vieille planète, que j'ai finalement décidé d'explorer encore un certain temps, avant mon grand départ vers une nouvelle étoile, planète ou galaxie, qui sait quand, où, ni comment. Je mugis de joie chaque fois que j'y repense.

Je caresse divers projets raisonnablement audacieux dans mes moments d'angoisse ordinaire de gigolo errant de banlieues excentriques. J'attends impatiemment l'impossible et un tas d'autres balivernes promises par le décervelage médiatique ambiant. Je jouis de la vie, je gis sous mes morts et je caresse ma guitare encore et encore. L'art barbare se couche tard, arrive en retard, fonce dans le décor et se pète la gueule à mort… amore, amore, amore. Patatow, wow, wow. Youpilaie, aïe, aïe.

Je projette parfois d'escalader les monts du monde, mais surtout ceux de Vénus, avec un trio d'ex-Miss Univers tout en feuilletant à plusieurs mains le Kama Sutra à l'envers. Tiguidou, pow, pow. Et si j'organisais un jour la première orgie de beauté himalayenne homologuée à quelques milliers de mètres d'altitude par moins cinquante degrés? On imagine déjà des préliminaires assez particuliers. Et si j'explorais plutôt la fosse des Mariannes en apnée avec une demi-douzaine de sirènes authentiques. Un bon départ vers le néant, le nez en l'air, pour un cornichon en peau d'ouaouaron comme moi.

Je pourrais aussi envisager la planification de ma nouvelle carrière internationale en compagnie de ce gentilhomme incommensurable, nul autre que Will Rob Billions III, le magnat du conglomérat, tout en discutant de ses vies postérieures; ou même causer un brin de tout et de rien avec sa charmante compagne, Gretchen Gorgora, presque nue dans sa piscine en forme de truffe géante du Périgord, tout en dégustant un champagne extrêmement rare au fin fond de la flûte.

En matinée d'un autre jour à venir, si la température le permet bien sûr, qui sait si je ne parviendrai à dompter une famille complète de tigres sur une île située au large de la Tasmanie au moyen d'une nouvelle forme d'hypnose animalière de mon cru. En fin de soirée, inspiré par la lueur des étoiles à mon arrivée sur une autre île paradisiaque, irai-je jusqu'à me réincarner en ultime sculpteur de statues de l'Île de Pâques, juste au moment où il quitte son paradis fini pour aller poursuivre ses travaux sur une exoplanète de la constellation du Léopard?

Un tout petit peu plus tard, mais pas tant que ça, je pourrai probablement me laisser aller à imaginer une nouvelle langue qui conjuguerait les caractéristiques inestimables des hiéroglyphes, de l'écriture cunéiforme, de la calligraphie chinoise et de quelques dialectes presque disparus. Une langue supérieurement lyrique qui m'autoriserait enfin à toujours mieux savourer les aspérités les plus délectables de toutes mes merveilleuses beautés de l'immense totalité de mes banlieues préférées. Hé, hé, hé.

Puis, un bon matin, j'apprendrai sans doute à communiquer avec un boa de mer aussi long que la Tour Eiffel, tapi depuis la création du monde sur le plancher océanique de l'Atlantique Sud. Qui sait ce qui vit aux tréfonds des océans? La où les êtres les plus étranges nagent dans la lumière noire. Là où le mystère plane entre des masses d'eau incommensurables sous une pression apocalyptique. Là où l'inconnu fraie avec le connu et où la vie ne cesse de nous mystifier. C'est ça qui est ça. Chez chat qui est chat. Et cætera, et cætera.

Je me réinventerai ensuite dans le corps et l'esprit d'un nouveau super héros de la prochaine génération, Zic K. Zac, surnommé Zac K. Zic par son public en délire, musicien fou dont les notes peuvent neutraliser à distance toute forme d'intelligence. Pas très difficile, vous me direz, surtout avec certains styles musicaux dont j'oublierai le nom pour le moment. Puis, je jouerai à la roulette rousse au volant d'une vieille Formule 1 de 2020, les yeux bandés des diamants iridescents de ta beauté septentrionale et la crinière au vent du soir qui défrise le serpent.

Et lorsque le temps sera venu, lorsque le temps sera enfin venu, je dis bien, lorsque la fin des temps sera revenue, je dégusterai toutes les lèvres de la nouvelle égérie la plus sexy au monde, la flamme de la femme de rêves de tous les cinéphiles de l'univers, la toute nouvelle starlette la plus aguichante de l'heure, l'incomparable et singulière Iridesca Brouchtouchnova elle-même. Eh bien oui, c'est comme ça que ça se passe quand on s'appelle Émile Milliard. Slam di da de lam. Je la ravirai durant quarante-huit heures et je l'écouterai ensuite raconter son week-end le plus prodigieux à tous médias à sensations du monde entier. « Mon mystérieux ravisseur m'a tout appris de la vie, de la mort et de bien d'autres choses encore, et encore. Où t'es-tu enfui Émile Milliard, petit rabot de mon cœur d'amourette? Je ne peux plus vivre sans toi, si chaud lapin trop coquin. Reviens vite me prendre et me reprendre sans fin. Reviens ici me torturer de ton corps sublime, je t'en conjure! Je me meurs de toi! Ma peau t'adore de tous ses pores! Reviens vite! Je ne réponds plus de moi quand tu n'es plus là, tout près de moi, si près de moi, de toi, et de toi et moi! Aah, aaah, aaaah... »

En fin de compte, j'ai probablement besoin d'un certain nombre de choses. Presque rien et n'importe quoi, je ne suis pas si difficile. Mais pas nécessairement avec n'importe qui, bien sûr. Il y a des limites à ne pas outrepasser en ce joli monde, quand même.

Pendant que j'attends un autre feu vert au coin de nulle part au volant de ma Sporsche qui hurle déjà de bonheur, d'autres images sublimes volettent déjà dans mes pensées les plus décousues. Et je m'y égare voluptueusement entre les seins et les cuisses savamment exposés d'une très jolie jeune femme délicatement hâlée et pour ainsi dire presque dévêtue d'une robe d'été quasi inexistante. En fait, cette merveille semble complètement nue sous une sorte de mini voile transparent et si léger qu'il me révèle déjà ses courbes les plus invitantes, pendant que ses petites fesses rebondies se posent délicatement comme un papillon rare sur le muret en pierres de cette terrasse sublime de Malaga. Ah! l'Andalousie et ses merveilles. Le monde et ses beautés. Et toute la somptuosité sublime de l'univers à célébrer! Aïe, aïe, aïe.

Cette muse andalouse aux longs cheveux sombres vibre de toute la volupté de son corps somptueux devant l'objectif de la caméra de sa copine, une tigresse noire flamboyante pressée de l'immortaliser sous ce ciel parfait. J'arrive juste au moment où la situation se corse agréablement. Cette beauté suave et intemporelle entrouvre très légèrement les cuisses pendant qu'elle bombe un peu le torse pour mettre en valeur sa jolie poitrine. Elle jouit de joie, membres déliés et cheveux au vent. Et elle en profite même pour me lancer un clin d'œil félin. En fait, ce n'est qu'une nouvelle illusion, car je me trouve simplement dans l'axe de la prise de vues. L'axe de la beauté magnifiée par ce décor sublime et ce ciel vaporeux. Cette apparition sulfureuse s'abandonne complètement dans une sorte de surpuissance assumée de la nouvelle femme pas trop dépitée de louer son corps à la une pour assurer sa pitance de roturière moderne. Puis, le feu vert apparaît soudain au coin de la rue et j'écrase le champignon de ma Sporsche sur ces images de rêve qui s'effritent un peu trop rapidement à mon goût dans mon cervelet survolté.

Mais je m'égare, je m'égare, ma trop jolie couguar de Laval ou de ce petit bar barbare sur ce rocher bizarre à Zanzibar. Je m'égare dans le bouquet de tes émotions sublimes même s'il me tarde de te renouveler mon offrande jusqu'à la finale orgasmique de ton omniscience, dégoulinante de cyprine parfumée.

Bon, ça y est, mon bon vieux don d'ubiquité ratatiné qui déconne une fois de plus et voilà que je ne m'y retrouve déjà plus tout à fait dans le dédale de mes mésaventures fantasmatiques. Pendant quelques instants sublimes, j'étais presque persuadé d'être confortablement assis sur une terrasse panoramique d'Andalousie, prêt à épier les jeux frivoles de deux flammes espagnoles en proie au désir de célébrer leur chair frémissante sous un soleil ciseleur. Et voilà que je me rends compte maintenant que je me trouve plutôt dans cette capitale nordique, nichée sur ce piton rocheux issu comme un diamant brut de la taïga québécoise, Québec la mirifique.

Le mois de juillet de 2033 s'y complait en voluptés infinies pendant que je vogue et divague dans le dédale exquis de ses rues et ruelles, distrait de tout et de rien, mais surtout hypnotisé par quelques corps féminins si parfaitement sculptés dans leur quasi-nudité caniculaire.

Je marche inlassablement et je hume des effluves fluviaux qui se conjuguent à des effluences subtilement aguichantes, envolées vers les cieux de nos étreintes enfiévrées à venir. Dans les pores dilatés de ma peau veloutée s'abîment des rêves que personne n'a encore jamais osé caresser. Dans le porc qui sommeille entre mes oreilles s'agitent les fantômes de mes aventures inachevées. Mais que suis-je donc venu fricoter ici, sur ce mamelon rocheux nordique en érection permanente, devant ce fleuve infini? Mais qui suis-je donc venu incarner dans cette comédie baroque? Mais vers où irai-je finir mes jours, et surtout mes nuits, lorsque j'aurai terminé ma mission en ce monde étrangement étranger?

Toujours plus de questions et invariablement moins de réponses pour ce baladin inconséquent dont je m'efforce de tenir le rôle et qui ne cesse de m'échapper comme une anguille fraîchement capturée. Ah, ce monde, ce monde, ce monde ne serait rien sans toi, beauté sauvage et singulière, toi qui marches maintenant vers moi sur ce trottoir étroit. Toi au sculptural corps savamment déhanché qui se joue de toutes ses subtilités pour me faire perdre mes derniers repères et m'égarer dans tes voluptés. Et je veux bien m'y égarer, oh ! que si, je le veux trop bien, si tu réussis à me capturer tandis que je frôle ton aura alchimique et que tu daignes me décocher une œillade affriolante.

Nous avons été créés tout spécialement pour nous rencontrer et nous voici déjà main dans la main, joue contre joue, et babines en furie, si près de sauter dans ce torrent d'émotions jaillissantes sans même savoir si nous existons vraiment sur le même plan, ni au même moment. Tu dis que nous sommes là, et j'y crois presque autant que toi tellement tu sembles réelle dans ce décor qui te va si bien. Tu habites cette ville, mais pas seulement avec ton corps. Tu es l'âme de cette cité, je t'ai enfin retrouvée. Et tu dis que tu n'as même plus de nom, mais que cela ne t'empêche pas de m'inviter à monter chez toi. Et nous grimpons, et nous gravissons des tas d'escaliers qui nous mènent vers un ailleurs à jamais dérobé à nos pensées illuminées d'étoiles.

Tu habites tout là-haut, non loin de la troposphère si j'ai bien compris, et je suis de très près ton sillage stellaire en expansion dans l'atmosphère. Tu n'existes peut-être pas ailleurs que dans mon imagination surexcitée, mais c'est bien suffisant pour un imbécile comme moi qui n'a rien à cirer de la réalité. Tu me proposes soudain un laissez-passer vers la flamme nue de ton âme esseulée. Je te fais miroiter quelques grammes de pollen cosmique venu tout droit d'Aldébaran à déguster avant la fin du monde et le punch de notre numéro de poésie érotico-lubrique. Nous échangeons des paroles et des vœux incompréhensibles, et une vague de frissons inconnus nous emporte sur les lignes du temps évanouies bien en deçà de nos étreintes infinies. Et la navigation de nos cœurs défaillants peut maintenant redémarrer et se poursuivre indéfiniment dans le fracas de nos ébats débauchés d'un venin de premier choix.

Lydia, Leïla, Lizzia? Quel est ton prénom, déjà?

Schlak, bing, bang, boum, crac.

Je me réveille ensuite dans ce parc, plusieurs heures ou même quelques jours plus tard, étendu sur un banc aussi confortable qu'un nuage crevé sur un lit de fakir. Et je suis maintenant seul avec ton souvenir plutôt tumultueux devant ce fleuve qui coule au même rythme que la nuit fraîche et sereine qui m'enveloppe et me berce dans son linceul obscur.

Je me lève et je marche comme un fantôme facétieux qui se dissimule entre certains plans de la réalité, trop heureux de simuler une existence vide, mais remplie de possibilités inassouvies. « Ne pas trop céder au plaisir d'exister est le plus sûr moyen de durer » comme le disait si bien quelqu'un, un jour, quelque part ou ailleurs. Laissez-moi rire et surtout mourir ici même, aurais-je le goût de lancer à ces ormes tricentenaires dont la ramure s'élance vers les cieux, bien au-delà de la portée de mes yeux aveuglés par ton absence circonstancielle.

Je marcherai encore longtemps après que le monde aura cessé d'exister. Je marcherai et je n'arriverai jamais nulle part. Je ne me réveillerai pas non plus. Le choc serait tellement effroyable. Je dors depuis si longtemps, et le monde a sûrement trop changé pour que j'y reconnaisse quoi que ce soit. Tandis que moi, je n'ai pas changé. Je suis tel que j'étais avant la formation des continents, avant l'apparition de la vie sur cette Terre, avant même le premier rot de la première amibe. Tel que j'étais, et tel que je serai à jamais. Tel que je serai quand j'aurai fini de brûler mes dernières cellules à l'étuve de ton désir diabolique.

Zanima? Zixxya? Zaïa? Qui es-tu, toi, là-bas, superbe mirage de beauté éternelle qui me propulsera au ciel? Des images de mes conquêtes futures tourbillonnent dans mes pensées désarticulées. Ou la, la. Qu'est-ce qui m'attend encore dans cette vie-là, dans cette ville-ci, ici-bas et maintenant? Ailleurs aussi? Sans aucun doute. La vie est trop courte pour ne pas les tenter toutes.

Tout à coup, je pense avoir enfin réussi à me délivrer l'esprit de ce labyrinthe mental qui me retient depuis trop longtemps prisonnier du rien que je m'évertue à demeurer. Ne pas trop céder au plaisir d'exister. Humm… J'y repenserai, mais pas trop. Il sera toujours temps dans une autre de mes vies postérieures. Une chose à la fois. Et seulement la bonne autant que faire se peut et dans la démesure de l'impossible.

Sans que je sache pourquoi, ni comment, me voici revenu à une sorte de réalité qui me semble tout à fait normale. Je roule lentement dans les ruelles de ce joyau urbain historié, au petit matin, l'esprit aussi léger que celui d'un démon décapité en décapotable. Je pense à tous les rôles que je pourrais encore jouer dans ce décor précieux. Et si je laissais une fois de plus mon imagination me guider vers de nouvelles impossibilités? N'ai-je pas déjà fait le tour de tous les possibles? Mais peut-on vraiment tracer une ligne nette entre le possible et l'impossible? Une ligne courbe serait sans doute plus appropriée. Ou bien une série de courbes subtilement agencées pour esquisser l'enveloppe radieuse d'une femme richissime, mais abandonnée à elle-même et à l'ennui d'un succès planétaire incommensurable?

Une série de courbes parfaitement harmonisées, comme celles de cette merveilleuse jeune femme, dangereusement déclinée en escarpins rouges, mini-jupe noire et camisole jaune, que l'on devine aisément au balancement rythmé de ses hanches qui créent un tempo maudit devant mes yeux ébaubis sur ce trottoir désert, quelques secondes avant l'aube.

Mi-Mile, mon petit Milliard, l'heure est sans doute venue d'aller déposer quelque part ta carcasse usée de suées enfiévrées. Une voix me chuchote à l'oreille que cette apparition matinale n'est sans doute rien d'autre qu'une vision létale suscitée par un état de fatigue généralisé. J'ai abusé de mes capacités ces derniers jours et ça commence à disjoncter sérieusement entre les oreilles. J'ai déjà vu pas mal d'objets inexistants. Je vois maintenant des femmes qui n'existent pas vraiment. Mais ça viendra sûrement. Pourquoi se limiter ainsi à l'obscure réalité du présent circonscrit quand l'imagination est toujours à notre portée pour embrouiller encore davantage une situation déjà impossible?

Et vive le chaos coma sous le baobab du boa bobo!

Des enchaînements de mots complètement fous recommencent à s'agiter dans ma tête. Voilà un autre signe qui ne ment presque pas. « Le temps est venu d'aller caser ma dépouille en devenir dans quelque endroit propice à la rêverie », me dis-je innocemment tout en garant ma Sporsche devant ce local ou bocal qui me sert maintenant de bureau-laboratoire, de dortoir et de bien d'autres choses encore. Je déverrouille, j'entre et je referme la porte. Et j'ai à peine le temps de me traîner jusqu'à mon matelas que je m'y effondre comme un cadavre délesté des caprices insatiables de ses derniers cauchemars vivants.

Mais d'autres rêves encore plus fous m'attendent déjà dans le labyrinthe en plein essor de mes nuits disparues. J'imagine aisément des monstres sublimes qui s'affairent à se partager la Terre et tout ce qui y survit. Des gueules béantes, amplement garnies de dents de crocodiles, prêtes à déchiqueter le premier quidam venu. Des yeux de braise hallucinés, des grognements interminables, des squelettes en raquettes dans des forêts obscures, des plaintes lugubres, des pleurs amers, des corps démembrés qui tentent de ramper dans la fange, des torrents de sang qui submergent les derniers vivants. Aïe, aïe.

Mais comment peut-on espérer s'endormir quand on ne s'est jamais vraiment réveillé depuis tout ce temps, durant tous ces siècles. Que disais-je donc déjà, avant que je perde à nouveau le fil de mon histoire, celle d'un gars fini qui marmonne des conneries avant de tomber raide mort dans un sommeil de pacotille comme un obscur débile incendié du cervelet... zzz.

♦♦♦

Chapitre 2 – Instinct de serpent

Je me réveille presque aussi épuisé que la veille, l'esprit englué dans des magmas d'horreur qui me transpercent les os, la cervelle, le foie, et cætera, et cætera. Je me traîne la carcasse découillonnée jusqu'au miroir de ma salle de bains.

Je regarde ensuite ce qui reste de moi en cette fin d'après-midi qui ressemble à une autre matinée ratée.

Et je ne suis pas tout à fait surpris de constater que je suis toujours plus merveilleux et flamboyant, malgré mes nombreux abus et mes vies impossibles qui me tuent lentement, mais pas trop quand même. Modéré, même dans la modération, telle était pourtant ma devise dans une autre vie dont je ne me souviens guère de pas grand-chose à vrai dire. Plus j'abuse et plus je m'amuse à me suicider en douce dans mes galères de misères imméritées, plus je resplendis dans ce miroir craquelé. C'est à n'y rien comprendre. Je n'ai qu'à admirer durant quelques instants mon reflet décomposé dans ce taudis climatisé pour redevenir ce fier combattant de l'inutile, toujours disposé à se relancer à l'assaut de sa propre vacuité hypertrophiée. Presque invariablement et irrémédiablement prêt à reconquérir ce monde oublié sur cette planète perdue qui ne demande qu'à être retrouvée. Humm…

Peut-être même résolu à attaquer enfin la dictée de cette fameuse conférence que je dois présenter prochainement au Club des morts-vivants de Saint-Casimir-de-Maskinongé. Peut-être, peut-être. Qui sait. Eh bien oui, j'ai ajouté récemment ce nouveau volet à mes activités bouillonnantes d'insipidité que je distille à tout venant au hasard de mes rencontres furtives avec la réalité : conférencier de tout et de rien. Il faut bien redorer son image de temps à autre si on veut durer dans ce monde virtualisé d'homogénéité aseptisée, mais le seul qui permette encore de manger, de respirer et de boire jusqu'à la lie ce poison qui nous tient en vie.

Et c'est ça qui est ça. Et cætera, et cætera. Je devrais peut-être essayer de retrouver mon petit dictaphone microscopique dans mon fouillis habituel. Je sens que mes neurones sont presque en forme pour une nouvelle tournée cosmique, cosmétique, cosmético-thérapeutique… Contentons-nous de larguer les amarres, de lever l'ancre et de faire démarrer les machines ou vice-versa, et hop la vie une fois de plus avant l'hécatombe finale.

Je m'installe donc à ma petite table bancale astucieusement placée devant la fenêtre plus ou moins reluisante de mon bureau-laboratoire-entrepôt-dortoir et tombeau temporaire de la rue des Mammifères repus, où j'ai élu domicile depuis quelque temps. L'endroit est inspirant, je ne peux pas dire le contraire. L'envers aussi sans doute, mais j'y reviendrai ultérieurement, car une certaine réalité m'appelle d'une voix insistante.

Je m'empare de mon dictaphone, je pose mes pieds sur le rebord de ma table de travail qui ploie légèrement sous ce supplice quotidien, et me voilà lancé dans les grandes lignes de ce futur discours ou causerie pour morts-vivants en sursis. L'inspiration virevolte un moment dans ma stratosphère personnelle et le tout se traduit bientôt comme suit :

« Êtes-vous vraiment certain d'être vivant? Et qu'est-ce qui vous fait croire cela? Vous respirez? C'est un assez bon départ. Du bon sang bien frais glougloute amoureusement dans vos veines? Vous êtes sacrément chanceux. Vous riez souvent, dites-vous. Ah! le rire! Quelle merveille! Vous riez sans arrêt, de tout et de rien, du soir au matin. Un véritable calvaire après cinq minutes. Give me a break, câlisse! Vous riez pour ne pas tuer. Vous serez sûrement récompensé un jour, possiblement dans autre vie, si la chance vous sourit encore. Vous riez comme un dératé toute la journée… »

Et la panne sèche, déjà, qui m'immobilise de stupeur. Je tente de poursuivre sur cette lancée initiale, mais les mots et les idées ne se laissent plus apprivoiser du tout, s'enfuient comme des rats devrais-je dire, se lancent au bout du pont de mon vaisseau d'or, qui dort enlisé dans ma boue mentale, et piquent une tête dans la flotte.

Moi, Émile Milliard, merveille masquée de l'érotisme chic et de bon goût et explorateur du rien du tout, je suis là comme une catastrophe surnaturelle dans ce bureau incertain à radoter une sorte de conférence pour rieurs pathologiques, en attendant quoi déjà? L'expiration de ma dernière inspiration peut-être? Ou la visite d'un magnat du conglomérat accompagné d'une mallette bourrée de diamants qui me remettrait les clés de son yacht privé et l'accès à son harem cinq étoiles? Ou un message érotique d'une diva en mal d'amour sur une planète inconnue qui m'enverrait sa soucoupe volante pour m'inviter à la rejoindre dans son alcôve hypodermique? Ou une apparition céleste qui me révélerait enfin les secrets de la vie, de l'univers, et du poker aussi tant qu'à faire, ainsi que des renseignements très secrets sur un complot mondial visant à fixer le prix du rutabaga au plus bas? Ah, ha!

Je suis toujours prêt à essayer pas mal de trucs débiles pour tenter de redynamiser mes affaires, mais l'inspiration ne vient plus tant que ça, finalement, en ce bon matin de l'après-midi. Et mon fabuleux appétit de vivre et de mourir commence à goûter un peu le pâté chinois réchauffé. Que s'est-il donc passé au cours des derniers jours pour que je me retrouve ici, dans mon nouveau bureau que j'ai enfin déniché, ce qui constitue déjà un exploit en soi, mais maintenant quoi, pourquoi et surtout : avec qui mon kiki?

J'essaie de me rappeler les derniers événements presque dignes de mention de mes multiples vies qui ne s'harmonisent pas toujours comme je le souhaiterais. Je fouille un peu dans ma panoplie d'identités réelles et virtuelles pour tenter de réinitialiser mes mémoires, mais il n'y a rien de très inspirant là non plus. Je pourrais aussi bien sortir et marcher au hasard dans ce quartier en imaginant une nouvelle façon de disparaître ou de réapparaître ailleurs, sous une autre forme, dans l'un de mes nombreux univers parallèles et personnels que j'invente parfois au fur et à mesure sans même y penser. Ou je pourrais faire autre chose bien sûr. Les possibilités sont innombrables quand on accepte de jouer les jeux les plus fous jusqu'au bout. Quand on accepte de tout perdre, on peut gagner gros. Et on remporte souvent quelque chose que l'on n'avait pas prévu du tout. Ou bien on perd tout et on se flambe la cervelle. Au cognac ou à autre chose. Eh oui, hé bien oui, à tout tout autre chose, mes amis. Caribou, bou, bou.

Comme cette jolie jeune femme aussi resplendissante qu'un soleil de juillet qui passe maintenant devant le hublot de mon petit local avec vue sur cette rue en pente douce. Je sens soudain un léger roulis pas désagréable du tout me chatouiller l'esprit du corps mort. Cette apparition légère et inespérée, trop vite évanouie de mon champ de vision délimité par cette fenêtre pas très reluisante, réapparait soudain comme je m'y attendais presque, mais peut-être pas tant que ça. Il est si tard en ce matin d'été et les rouages de mes mécaniques raclent encore le gravier de mon anxiété onto-logique. Et que dire de la casserole de mes farandoles avec la vie?

Bon, ça suffit comme ça les conneries, me dis-je quand je vois cette fille sublime s'approcher de ma fenêtre pour venir examiner plus en détail ce qu'elle n'a qu'entrevu un instant plus tôt : ce bon vieux mi-Mile du Milliard lui-même en tête-à-tête avec ses singeries matinales de fin d'après-midi.

Je regarde très attentivement cette belle grande fille frivole comme une fée égarée. Elle place soudain ses deux mains de chaque côté de sa jolie tête blonde pour tenter de mieux voir au travers de la fenêtre plus ou moins propre de ce bureau que j'occupe depuis quelques jours. Cette fille est tout simplement radieuse. Et je dirais sans doute que ses gestes trahissent déjà l'attirance mystérieuse qu'exerce mon magnétisme naturel, qui semble avoir repris soudain des forces vives en un rien de temps. Un peu n'importe quoi, en fin de compte, comme d'habitude. Mais pourquoi donc, pourquoi donc, diantre de moi-même, me dis-je sans trop penser à quoi que ce soit, ni à rien d'autre d'ailleurs.

Cette grande blonde, une peu fofolle fatale comme il se doit, se dirige maintenant vers la porte de mon antre où je l'attends déjà, prêt à lui ouvrir le portail de mon sérail imaginaire, qui ressemble étrangement à un minuscule bureau des travaux inutiles, désaffecté depuis la fin du déluge.

— Bonjour, monsieur Billard. Que faites-vous donc dans ce trou à rats? me lance-t-elle tout de go.

Je demeure interdit devant cette entrée en matière surprenante, mais surtout ébloui jusqu'aux tréfonds de mon moi ultime par la suavité exquise de cette apparition. Un ange passe et ce bon vieux mi-Mile trépasse, comme d'habitude, ce n'est pas toujours drôle la vie d'icône du sex-appeal. Et, en plus, elle connait déjà mon nom, enfin presque. Billard ou Milliard, quelle importance n'est-ce pas quand ce sont des lèvres aussi appétissantes qui embrassent mon identité, même légèrement métamorphosée.

— Vous me reconnaissez? est le seul couac que je parviens à lancer à cette beauté matinale.

— Non, mais je suis ravie de vous rencontrer : Aïssa Lamour, présidente-fondatrice de Fée de vos rêves inc. J'ai lu votre nom sur votre plaque, là, dehors.

Aïssa Lamour me tend sa jolie main pour compléter les présentations. Puis elle garde ma paume bien serrée dans la sienne afin de m'emmener à l'extérieur pour me montrer mon nom. Et je vois cette plaque en bronze, fixée sur la façade de mon local ou bocal, sur laquelle je peux lire ces mots : Émile Billard – Consultant en consultation. Et je constate soudain qu'une autre journée, et peut-être même une nouvelle aventure, vient de commencer dans une certaine confusion qui se marie si bien à mon chaos surnaturel.

Je m'emporte un peu devant l'erreur ciselée dans le bronze de cette plaque et des mots âcres franchissent mes lèvres. Finalement, je crie quelque chose qui ressemble presque à ceci :

— Pas Billard, saint simonac, Milliard. Émile Milliard, Milliard, Milliard. C'est facile à écrire, il me semble.

Aïssa Lamour, présidente-fondatrice de Fée de vos rêves inc., me regarde ébaubie de ses grands yeux illuminés des splendeurs d'un futur luminescent ou iridescent, je ne saurais préciser pour le moment. Enfin, quelque chose comme ci, comme chat, et cætera.

— Émile Milliard, Émile Milliard, répète-t-elle pensivement. Dites donc, vous ne seriez pas ce fameux multimilliardaire extraterrestre par hasard?

J'entends à peine ce qu'elle me raconte de sa voix pourtant si invitante. Je ne vois que cette erreur stupide, hideusement gravée sur cette plaque en bronze, qui me met dans une fureur qui m'apeure moi-même. Je m'abandonne à cette humeur noire en pensant que j'aurais sans doute beaucoup mieux à faire que de donner des coups de pieds sur ce mur en pierres. Mais ce défoulement intempestif me procure un certain plaisir et je m'y acharne quelques instants. Jusqu'à ce que mon plus gros orteil menace soudain de me faire souffrir encore davantage.

— Monsieur Billard, pardon Milliard. Arrêtez, je vous en prie, vous allez vous blesser, me dit Aïssa Lamour, en déposant ses belles mains blanches sur mes épaules.

Cette Aïssa est une pure merveille. Des traits si fins et si harmonieux, une peau claire comme l'air pur des montagnes, de grands yeux sombres et impénétrables, et une énergie euphorique qui irradie de sa présence pourtant vaporeuse. Et elle est simplement là, devant moi, et elle me sourit de tout son beau visage. Je rêve déjà d'une foule de choses, qu'elle semble deviner, tandis qu'une mimique malicieuse, qui envahit tout à coup ses traits, me la rend encore plus irrésistible.

— Monsieur Milliard, monsieur Milliard, à quoi pensez-vous donc, petit coquin?

— À la même chose que vous, j'espère, ma chère Aïssa.

— Venez, je vous invite.

— Et où allons-nous comme ça? ajouté-je comme un imbécile conquis.

— Où vous voulez, répond Aïssa illuminée d'un sourire espiègle.

— Allons-y.

J'ai déjà vu au moins mille variations de cette scène dans mon petit cinéma personnel. Et je suis déjà tout disposé à vivre une mille et unième reprise de cette rencontre inopinée du gars paumé, égaré au petit matin, avec une apparition gracieuse, laquelle marche maintenant tout près de moi. Elle n'arrête pas de tourner son visage vers moi et ses cheveux blonds mi-longs volètent dans ma direction. J'essaie d'analyser son parfum pendant que sa voix rieuse et enjôleuse achève de m'ensorceler. Je ne m'attarde pas vraiment au sens de ses paroles, je suis simplement subjugué par son timbre de voix, son débit fluide et son élocution sublime. Sa conversation tout en finesses et en précisions me fascine. Je pourrais l'écouter parler de tout et de rien encore longtemps. Elle est quasi irréelle, la plupart du temps, mais quelle importance. Un jour, je me demanderai sans doute si elle ne récitait pas un texte déjà écrit tellement ses paroles créent un univers qui me semble déjà trop familier. Un jour, une nuit ou mille et une nuits plus tard, lorsque mon corps mort sera proprement momifié et exposé au musée de la joie de vivre. Qui sait ce que l'avenir nous réserve ou pas, ici-bas ou ailleurs.

— Je pense que je vous connais depuis toujours, me souffle tout à coup Aïssa à l'oreille, après avoir dardé son regard amusé jusqu'aux tréfonds de mon âme que je croyais pourtant disparue.

— Moi aussi, répondis-je innocemment.

J'ai failli répondre : « Moi aussi, je pense que vous me connaissez depuis toujours », mais j'ai préféré laisser planer un certain mystère de bon aloi.

— Et où nous serions-nous donc rencontrés? ajoute-t-elle de sa voix suave.

— Je crois plutôt que nous nous rencontrerons très souvent dans le futur, ce qui revient au même, vous ne trouvez pas? risqué-je comme un escroc mignon du moignon.

24

Je pense ensuite à quelques mots rares, pour tenter d'inscrire dans ma mémoire défaillante sa réaction ambiguë et délicieuse à ma vision inversée du temps, mais l'air lourd et humide de ce matin de canicule appréhendée l'a déjà effacé de ses traits.

— Certaines images de mon très joli corps, qui vous fait bander si fort, ont déjà fait le tour du monde, vous savez, me glisse-t-elle bientôt à l'oreille d'une voix murmurante.

Je demeure accroché un instant à son timbre si velouté sans m'attarder au moindre mot de sa phrase. Enfin, il y en a tout de même deux ou trois qui me titillent l'oreille au passage. Mes sens virevoltent comme papillon volage. Je surnage dans le déluge de ses voluptés personnelles. Et je reste là, anéanti par ce regard venu d'ailleurs qui prend lentement possession de mes fureurs inassouvies.

— Qu'est-ce qui vous branche, ce matin, monsieur Émile du Milliard?

— Vous, répondis-je simplement.

Je marque là un point qui se traduit rapidement en un nouveau sourire d'Aïssa, encore plus ensorcelant que tous les autres qui l'ont précédé. Je veux me pincer les oreilles ou autre chose pour voir si je suis encore vivant, mais je n'en ai pas le temps. Aïssa Lamour me prend par la main et m'entraîne vers une destination inconnue sur ce trottoir étroit, qui rétrécit encore davantage à chacun de nos petits pas trop pressés.

Cette femme étonnante m'agrippe la main et le cœur, et peut-être même le foie et la rate, et combien d'autres aspérités de mon merveilleux véhicule terrestre. Ah que la vie est étrange, en ce chaud matin de juillet, dans la chaleur caniculaire de cette ville que nous survolons maintenant comme des oiseaux effarouchés. Moi qui pensais avoir déjà exploré tous les plans de cette réalité démultipliée, je m'aperçois maintenant que je n'ai encore rien vu, rien senti, rien vécu, même tout nu avec un harem avide de queues pointues et de griffes velues.

Nous avançons maintenant à jolis pas perdus dans l'air chaud et humide de ce matin de juillet. Je crois bien que nous nous envolons ensuite au-dessus des toits des édifices de la vieille ville qui s'éveille paresseusement dans cette torpeur caniculaire déjà omniprésente. Cela nous semble tout naturel de flotter ainsi entre ciel et terre au fil de notre conversation sautillante.

Fidèle à mes bévues chroniques, je m'accroche soudain les pattes dans une fioriture architecturale surgie abruptement sur ma trajectoire improbable. Et je sens tout à coup que cette illusion volante savamment entretenue par mon psychisme ailé vient de s'évanouir définitivement dans un nuage de confettis en chute libre. Je tombe irrémédiablement dans la spirale de mes pensées déplumées.

Et je me réveille bientôt en sueurs glaciales dans mon obscur bureau-laboratoire-dortoir-mouroir, écrasé de misère sur ma table bancale recouverte de papiers griffonnés de ratures mouchetées.

Je constate alors que je me suis endormi en révisant le début de mon discours destiné aux rieurs pathologiques de Saint-Casimir-de-Maskinongé. Et que j'ai simplement rêvé cette drôle d'aventure avec cette folle fée blonde comme j'aurais pu rêver d'un message de Bianca, qui ne m'a pas rappelé depuis un bon moment, si je ne me souviens bien de rien.

Je regarde distraitement ces pages couvertes d'une écriture dangereusement semblable à la mienne qui s'entassent sur mon bureau. Étrange, très étrange. Tout ceci me parait tout à coup très étrange, car je travaille toujours au dictaphone, comme un véritable inspiré que je suis. Et là, je vois toutes ces pages remplies d'une écriture que j'aurais produite moi-même avec un vulgaire outil d'écriture primitif? Une plume d'oiseau rare peut-être? Une plume d'Émile Milliard? Que se passe-t-il donc maintenant dans ma vie d'aujourd'hui? Le doute me saisit. Je me perds en conjectures. La peur me chatouille l'épiderme. Mes globules frétillent dans mes veines. Ma bile fait des bulles. Mes sucs gastriques se livrent une guerre intestine. Je suis sans doute le jouet d'une nouvelle hallucination ou même d'une arnaque. Et s'il s'agissait d'un piège tendu par ce fameux policier à la moustache multi-colore qui me suit de très loin depuis la découverte de ces quelques cadavres à mon image et à ma ressemblance? Ou bien d'une nouvelle attaque de folie qui me priverait à jamais des derniers jours qui me restent à consommer sur cette planète où je me suis incarné plutôt récemment? Et si mes très chères boulettes de service s'entre-choquaient maintenant dans le plus chic des chocs mous? Aïe, aïe, ou, ou.

J'adore ces doutes obsédants et insupportables qui me rongent voluptueusement l'intérieur. Un beau jour, j'aimerais bien voir les murs se lézarder, le toit s'effriter et le plancher se morceler. Je tomberais alors dans un trou sans fond menant tout droit au noyau en fusion de cette planète où j'irais rôtir jusqu'à la fin des temps, ou jusqu'au prochain message publicitaire, pour laisser le temps au téléspectateur de renouveler sa provision de bière ou de croustilles à l'anis étoilé. Un autre jour, je pourrais aussi devenir une vedette médiatique qui raconte ses malheurs dans les premières pages des magazines de super luxe, s'il en existe encore. Et il y a tant d'autres bibites incroyables dont je pourrais habiter la carcasse, comme le remeuglard strié ou le péricorne massif. Mais ce sera pour une autre fois peut-être. Si je suis toujours presque vivant. Après toutes ces années de conneries inqualifiables, nulles et non avenues, de sauts de puce sur un cadavre de chien écrasé aux nouvelles du petit matin de fin de soirée.

Je me réinstalle donc à ma table bancale astucieusement placée devant la fenêtre plus ou moins propre de mon bureau-laboratoire-entrepôt-dortoir et tombeau temporaire de la rue des Mammifères repus, où je réélis domicile de temps à autre. C'est quand même mieux que de s'arracher le foie avec les dents avant de se tirer une balle dans le casque de bain. Presque par mégarde, je parviens à ajouter quelques phrases hirsutes à mon charabia initial sur dictaphone.

« Vous qui riez six mois par année sans même vous rendre compte que l'on se rit de vous durant l'autre moitié. Vous qui riez comme une coquerelle aveugle écrasée par un aventurier égaré sur le dernier glacier perdu dans l'océan ».

Je réécoute le tout à quelques reprises et je me dis que j'ai probablement besoin d'un café ou deux, et d'une jolie serveuse au sourire affriolant, pour me prouver que j'existe encore en un seul morceau viable. Je sors donc de mon bureau pour voir si je ne serais pas déjà rendu ailleurs. Et j'ai déjà presque raison de le croire même si les preuves afférentes se dissimulent encore dans les replis de mon inconscience sciemment entretenue. Si sciemment entretenue. Si si, c'est comme ça. Enfin, comme ci, comme ça. Et c'est bien chat qui est chat. Si, si señorita, olé! Et bye, bye à Rio Pedrogao!

Et c'est sans doute ce que j'aurais le goût de lancer à n'importe qui, un peu n'importe quand, sinon tout de suite, sur le trottoir étroit de cette ville sublime, Québec la mirifique.

Chapitre 3 – Un sport comme un autre

Cette nouvelle matinée de fin de soirée est déjà digne de mention. J'irais peut-être jusqu'à lui accorder trois étoiles et demie. Mais on sent que l'air lourd et humide de cette journée de canicule pourrait se raréfier subrepticement au détour d'une ruelle ou d'une autre artère de cette cité ouverte sur le monde et sur bien d'autres univers parallèles en mutation accélérée. Eh bien oui, il semble que nous en soyons déjà rendus là : des univers parallèles en mutation accélérée où nous pourrions disparaître à tout jamais, sans même nous en rendre compte. Au moment précis où nous serions fort occupés à siroter le douzième sexpresso de la journée, par exemple. Incroyable n'est-ce pas?

Votre futur, c'est-à-dire mon présent, n'a rien à voir avec votre propre présent. Vous pensiez peut-être que les choses se compliquaient à un rythme époustouflant, autrefois, vers 2022 ou 2023? Vous n'avez encore rien vu. Attachez votre ceinture, mettez votre casque d'astronaute, et une petite armure techno débile ne peut pas nuire non plus. Vous êtes en 2033, durant l'été le plus chaud et le plus étrange jamais répertorié à ce jour sur cette planète en folie. Bon, revoilà que je me mets à parler comme un guide touristique dératé, ou dérouté, je ne saurais dire, à la recherche de son public disparu sur une autre planète par un après-midi de novembre. Un bon jour, je me mettrai probablement à parler pour dire quelque chose qui n'a jamais encore été dit, en été, à une belle demoiselle à peine vêtue d'un chiffon léger. Mais avant de sombrer définitivement dans la folie pure de la séduction rémunérée, il me reste encore sûrement quelques heures ou quelques jours de conneries ordinaires d'un mois de juillet de canicule à vivre sur ce mamelon rocheux, en extase devant ce fleuve Saint-Laurent de paroles liquides qu'il me reste encore à bredouiller, avant de crever pour de bon, au fin fond du chaudron comme une vieille sorcière électrifiée. Mais pas nécessairement. Ni dans l'ordre ni dans le désordre. Ni autrement. Ailleurs ou autrement peut-être? Pourquoi pas?

Ensuite et ensuite, et cætera, et cætera. Eh bien, mes atomes ou mes molécules trouveront bien le moyen de revenir vous enquiquiner sous forme de pollen mortel ou d'un autre poison inodore, incolore et sans saveur qui vous clouera le squelette en moins de deux sur une table à dissection en acier inoxydable. Et cette table à roulettes pourrait même vous apparaître brièvement en mode hallucinatoire dans un nouvel épisode de votre émission policière préférée, là où les meurtres les plus sordides deviennent presque dignes de figurer au musée des beaux-arts, section décapitation et autres amusements de fin de soirée pour couples de banliusards en perte de vitesse. Tout est possible ici. Et rien aussi. Et chez chat qui est chat dans le monde du sport.

Et si je crevais soudain ici même, à cet instant précis, comme un concombre pourri écrasé par la peur de l'infini qui nous saisit presque tous un jour ou l'autre? Et vous, quelle est votre relation avec l'infini qui vous habite?

Je sens parfois s'animer en moi comme le début d'une chanson ou d'un refrain obsédant qui ne veut pas se laisser apprivoiser. Aujourd'hui, cette fulguration cérébrale s'articule un peu comme ceci: « Je me suicide tous les matins dans le miroir de ma salle de bains. Après je retourne travailler, ça m'empêche de penser. C'est comme ça la vie. Le soir je joue de l'infini, le matin je m'enlève la vie, pour la redonner à n'importe qui… n'importe où…. n'importe quand… »

Je dis bien un début. Un début qui se gâte ici assez rapidement vers le n'importe quoi. Enfin, j'y reviendrai sans doute dans un moment de désœuvrement supérieur, juste avant de quitter cette planète vers ma destination ultime, quelle qu'elle soit ou non. La chanson du grand départ vers les étoiles, en version comédie musicale. Il faudra bien que j'en glisse un mot à Will Rob Billions III lors de notre prochain rendez-vous dans l'une de ses cent trente-huit villas de grand luxe égarées aux antipodes de son piédestal.

Bon, bon. Je devrais peut-être respirer un peu par les pores de ma peau sublime, en fin de compte, avant que le cerveau me sorte par les oreilles ou que le trottoir s'ouvre sous mes pas comme la gueule d'un tyrannosaure géant. Qu'est-ce qui se passe avec ce bon vieux mi-Mile du Milliard en cette fabuleuse journée de juillet, genre sauna à ciel ouvert, dans cette ville de rêves d'un pays rêvé?

Et bien voici. Et bien voilà. Je suis fort probablement assis sur une autre terrasse quasi irréelle, perchée presque au sommet d'un vieil édifice tout neuf, lui-même niché sur une corniche de ce piton rocheux sublime, le cap Diamant, en ravissement perpétuel devant ce fleuve Saint-Laurent majestueusement paresseux qui continue de m'inspirer les folies les plus douces. Une petite dose de poison quelconque ne serait pas de refus.

Je n'ai rien d'autre à faire que de laisser défiler mes pensées les plus étranges dans cette mini-boite noire et caverneuse qui me tient lieu de cervelle. Mais c'est beaucoup plus agréable de regarder ce fleuve immense, qui continue de s'élargir par là-bas et même au-delà, et de ne penser à rien. Ne penser à rien du tout est un luxe inestimable pourtant à la portée du premier venu. Et si, un jour, tous les habitants de cette planète réussissaient à ne penser à rien en même temps durant quelques minutes ou quelques heures. Vous me direz qu'il y a déjà une flopée d'émissions qui y contribuent très généreusement sur l'abrutisseur, mais qu'est-ce que ça changerait, en fin de compte, voulez-vous bien me le dire? Une autre idée inutile à oublier au plus vite en essayant de ne penser à rien?

Rien d'autre que ce fleuve Saint-Laurent qui coule vers l'océan Atlantique depuis si longtemps. Rien d'autre que ce fleuve qui m'abolit doucement. Rien d'autre que ce fleuve qui me fait soudain penser à une superbe jeune femme inconnue. Quelle surprise, n'est-ce pas? Une belle grande rousse incendiaire aux longs cheveux frisottés, drapée dans une robe écarlate, qui court au ralenti en provenance de l'île d'Orléans et qui s'approche de moi pas à pas sur l'onde comme un mirage. Avouez que c'est un assez bon début quand même. Son image irréelle s'estompe un peu dans de légers filets de brumes caniculaires qui caressent sournoisement la surface de cette étendue d'eau infiniment miroitante par ailleurs. Vision d'un paradis retrouvé ou différé? Prémonition, apparition ou transmigration? Aimeriez-vous une autre question inutile ou est-ce que ça suffit pour le moment?

Je suis sûrement le seul à voir cette grande rousse incendiaire. Je suis d'ailleurs le seul être humain sur cette terrasse. Je vois cette apparition sublime, fringuée d'une très légère robe rouge d'été caressée par le vent, et je l'entends qui m'appelle par mon prénom comme si elle m'invitait à venir la rejoindre, au milieu de ce fleuve immatériel qui ne cesse de me fasciner. Heureusement qu'elle se limite à mon prénom d'ailleurs, car mon nom au complet risque toujours de prêter à confusion ou à rire, ce qui est toujours mieux que rien à l'aube d'une idylle fluviatile en devenir. Et je reste là, subjugué, anéanti, atomisé. Je demeure perdu dans mes pensées disparues. Ou bien je m'effondre là-bas sur le garde-fou de cette terrasse, les mains pressées sur mes tempes, comme pour essayer de conserver ces images fantasmées le plus long-temps possible. Même si je sais très bien qu'elles sont aussi éphémères que toutes ces autres visions qui reviennent maintenant me hanter, presque chaque matin, avant le petit déjeuner. Avant que la roue de la réalité ne se remette à tourner et qu'une autre voix me demande une fois de plus :

— Café, croissant de Lune, héroïne, cocaïne? Voulez-vous voir le menu?

Je reste là, figé comme un crocodile empaillé, à essayer de ressusciter cette grande rousse incendiaire en robe écarlate déjà évanouie dans ma vision flouée par la réalité. Et mon regard se pose maintenant sur cette petite rouquine de serveuse complète-ment speedée qui me dévisage comme si j'étais encore un être humain, avec son plateau sur la main, l'air de vouloir dire : « Il me semble que je vous ai déjà vu quelque part, espèce de vieux rapace sénile. »

Je balbutie une réponse qui se volatilise dans l'air chaud et humide de ce matin d'été, mais la petite rouquine de serveuse a tout de même compris quelque chose à mon charabia. Elle dispa-rait et revient bientôt à ma table où elle dépose le menu, un grand verre d'eau et une bonbonnière en porcelaine de Chine remplie de comprimés multicolores, qu'elle m'invite à déguster avant la fin des temps.

Mon regard se perd à nouveau dans l'exploration de la surface du fleuve Saint-Laurent, à la recherche de cette apparition évanouie qui se laisse maintenant désirer, pendant que je désespère silencieusement de réussir à l'exhumer de mes pensées usées.

Et tandis que je demeure paralysé à me demander si je serai toujours vivant lorsque le monde aura fini de tourner. Si je serai toujours de ce monde lorsque mes idées auront fini de virevolter. Si je serai toujours entier lorsque les multiples réalités où je patauge comme un ouaouaron fêlé auront fini de se réaligner. Et pendant que je reperds le fil de mes conneries carabinées, je croque quelques comprimés en pensant aux étoiles que je n'ai pas encore visitées. Et puis, et puis, et puis, j'en ai déjà presque assez de cette terrasse en plein ciel avec vue sur le fleuve. Je jongle maintenant avec l'idée de reprendre ma déambulation funambulesque, ma circumnavigation immobile avec le fol espoir de me retrouver bientôt dans une autre ville d'un autre pays que je ne connais pas encore. Et je n'aurai qu'à me fier au prochain sursaut de mon don d'ubiquité retrouvé pour me dérouter complètement de tout ce que j'ai déjà imaginé à ce jour.

La rouquine survoltée revient avec un espresso géant, et je me dis que ce nouvel embryon de projet peut bien attendre encore un tout petit peu. Il est si tôt en ce matin de juillet déjà torride, mais tout de même si tard pour tenter quoi que ce soit. « Mais qu'est-ce que la vie me réserve donc encore aujourd'hui? », et d'autres questions à un demi-milliard s'animent soudain dans un kaléidoscope de pensées affolées comme des papillons nocturnes magnétisés par la lueur d'une chandelle.

« Cette ville mirifique est criblée d'un million de portes invisibles vers le nulle part et l'ailleurs qui peuvent s'ouvrir au moment le plus inattendu. ».

Tiens, tiens. Voilà que je recommence à capter de nouveaux messages de ma mystérieuse correspondante de la constellation du Castor, dont j'avais perdu la trace depuis un petit moment. Je reconnais son style imitable, mais rafraichissant. J'espère surtout que ces millions de portes donnent sur un endroit climatisé. La température continue de grimper inexorablement et si ce n'était de ce vent aigrelet qui surfe parfois sur le fleuve, et qui m'atteint maintenant en plein visage, pendant que je regarde en direction de la Gaspésie, je serais déjà cuit. Et cette matinée est encore si jeune!

Presque aussi jeune que moi d'ailleurs, mais surtout à certains moments de la journée. Notamment quand je vois une femme comme cette beauté irréelle, descendue du ciel, qui arrive maintenant sur cette terrasse déserte où je me suis échoué depuis un moment avec mon troisième espresso et un petit déjeuner alchimique tout simplement délicieux pour le cerveau.

Je ne sais trop pourquoi, mais je me dis que ma mystérieuse correspondante de la constellation du Castor ressemble sans doute à cette merveille céleste qui s'approche maintenant de moi comme une vision inattendue sur cette terrasse. Cette enveloppe de chair frémissante absolument époustouflante qui laisse imaginer un monde de voluptés au joyeux gagnant. Cette beauté fabuleuse, cette princesse des étoiles, passe finalement tout près de moi dans son voile froufroutant semblable à une délicieuse robe de fin de soirée qui m'allèche les papilles. Je l'entends proférer des gloussements euphoriques mâtinés de soupirs ensorcelants. Puis elle va s'assoir à une table, placée non loin de la mienne, droit devant moi et le champ de bataille de mon petit déjeuner déjà joyeusement entamé.

Cette princesse des étoiles n'a pas encore jeté un seul coup d'œil sur mon inexistence solitaire, mais sa simple présence constitue déjà une déclaration enflammée sur l'érotisme et ses raffinements infinis. Je pressens un univers fascinant s'agiter sous cette création délicieusement décolletée et savamment échancrée par une sommité mondiale de la mode. On voit immédiatement le coup de griffe d'un grand maître du design dans ce tissu insaisissable, dompté tel un grand fauve en semi-liberté. Cette fabuleuse princesse des étoiles me regarde comme si je n'étais pas là, de la hauteur de son Olympe personnel qui flotte au-dessus de pas mal de choses. Je sens des ondes véloces venues de très loin qui me trouent la peau et me transpercent les os. Ce n'est pas désagréable, ni tout à fait agréable. Mais je sens que ça pourrait le devenir un de ces jours ou même très prochainement.

Cette beauté irréelle, merveilleusement incarnée dans un corps aux mille promesses et autres courbes si délicatement bombées, me fixe soudain le fin fond du blanc des yeux. Je vois briller son regard farouche qui m'ausculte la surface et me caresse déjà le serpent intérieur à rebrousse-poil.

— C'est bien vous, la merveille masquée? me lance soudain cette princesse des étoiles de sa voix un peu rauque du petit matin.

— Le masque me va souvent à ravir, que je lui réponds sans trop réfléchir.

Un sourire délicieux nait bientôt sur ses lèvres humectées de rosée cosmétique ou peut-être même cosmique. Puis, ladite princesse me décoche un clin d'œil qui me chatouille agréablement l'ossature du squelette. Et nous restons là un long moment à nous palper l'âme de nos regards enjôlés. Tout à coup, elle me fait signe de venir prendre place à sa table. À peine interloqué, je m'exécute furtivement avec une agilité et une désinvolture qui ne me surprennent guère.

Me voici donc ravi de cette nouvelle manifestation, venue de très loin, j'en suis presque certain. La vision de l'aura de cette beauté intrigante fait surgir en moi des souvenirs de mes vies antérieures que je pensais complètement oubliés. Ce n'est pas simplement une femme qui s'incarne devant moi, mais bien une civilisation, un monde, le microcosme d'une diaspora cosmique synthétisée dans un corps physique irrigué de quelques onces de divinité pure. Agagou, ra-ra. Son surnom de princesse des étoiles, que je viens de lui décerner, lui va à ravir. Je respire par le nez et je m'interroge un instant sur la composition de ces comprimés miracle que j'ai croqués avec ma demi-douzaine d'espressos depuis l'aurore. Je commence à comprendre que je déraille déjà assez sérieusement, et que le tout ne pourra que s'amplifier incessamment. Mais quelle importance, n'est-ce pas, quand l'infini vous convie à explorer ses merveilles à peine dissimulées par quelques voilages si légers?

Cette fabuleuse princesse des étoiles continue de plonger son regard dans le mien comme pour m'analyser ou tâter le terrain pendant que je détaille ses caractéristiques époustouflantes. C'est probablement la femme parfaite dont la venue est annoncée dans les cercles d'élite du monde entier depuis un certain temps. La femme aux mille visages, la synthèse de l'essentiel féminin cosmique. Et combien de corps languissants pour rehausser ces mille visages? Tous aussi parfaitement parfaits et en symbiose plus qu'idéale avec l'éternité, la vie, la mort et quelques autres détails du même style. Bon. Je veux bien jouer le jeu moi aussi avec cette créature impossible. Quitte à me faire bouffer tout cru par son inévitable trio de copines tout aussi folles à lier que moi et elle, qui continue de s'animer sous mes yeux comme dans une séquence de film de science-fiction en douze dimensions, sans parler du son. Son apparence physique se modifie lentement au fil de notre conversation. La princesse des étoiles est toujours aussi ravissante, tandis qu'elle laisse voir successivement diverses facettes de ses mille visages et personnalités.

— Quelles sont vos préférences, mon cher monsieur Milliard? Ou puis-je vous appeler Émile?

— Appelez-moi comme vous voulez, répondis-je comme un imbécile.

— Je pense que vous vous trouverez bientôt un nouveau pseudonyme qui vous transformera complètement, murmure la princesse des étoiles dans une sorte de révélation.

Pendant que sa propre métamorphose faciale se poursuit devant mes yeux ébaubis, la princesse de l'espace-temps enchaîne sur le sujet de ses préférences personnelles en matière de dégustation de petits mâles bien juteux dans mon genre. Elle me raconte quelques épisodes très amusants de ses dernières virées avec ses copines Aïssa, Laetitia et Gorgonzola, ou quelque chose comme chat. Elle m'explique longuement comment elles s'amusent à séduire chacune à sa façon le plus beau petit mâle du bar le plus branché du secteur, dans telle ou telle ville sélectionnée au hasard de l'inspiration. Chacune d'entre elles ramène à son tour l'étalon le plus prometteur à une chambre d'hôtel bien insonorisée. Elles proposent ensuite à leur prise du jour de lui attacher les poignets et les chevilles pour essayer de nouveaux trucs très très très excitants. Une fois la victime bien ficelée, les trois autres copines font irruption dans la chambre pour une séance d'excitation de ce merveilleux corps et de son membre le plus palpitant. Ce petit jouet érectile, qui se met soudain à rétrécir sérieusement, réduit à sa plus simple expression dans sa position relativement désavantageuse, mais tout à fait affriolante. Enfin, c'est elle qui le dit. La princesse des étoiles est tout simplement ravie de me préciser les détails les plus croustillants qui lui reviennent à l'esprit au fil de la résurgence de ses souvenirs.

— Savez-vous ce que j'aime par-dessous tout, mon cher Émile? me susurre-t-elle tout à coup de sa voix la plus mielleusement fielleuse.

— Dites-moi tout, et je verrai ce que je peux faire pour vous satisfaire, répondis-je.

— J'aime surtout palper les réactions de notre prise du jour, pendant que notre emprise se resserre inexorablement sur certaines parties de son corps… si vous voyez ce que je veux dire…

Je sens tout à coup une transformation surprenante s'opérer sur mes instruments de travail de prédilection, qui semblent s'amenuiser subrepticement comme pris d'une panique soudaine. Cette princesse multiforme a le don de s'adresser directement à mon serpent intérieur, ce qui m'effraie un peu sur le moment. Mais j'en ai vu bien d'autres dans ma carrière de pute de luxe et ce n'est pas un rétrécissement passager de mes outils précieux qui risque de changer quoi ce soit à ma folle épopée sur cette planète.

— C'est joli, ce que vous portez, lui dis-je soudain comme pour explorer une nouvelle piste.

— Trop aimable, mon cher Émile, mais vous ne savez même pas mon vrai nom, répond-elle avec une très légère pointe d'irascibilité dans la voix.

— Je ne me souviens pas de mon propre nom la plupart du temps, ajouté-je, comme je le répète trop souvent au lieu de trouver quelque chose d'intelligent à dire.

— Ah, ha… et un petit talent d'humoriste en prime, réplique-t-elle avec un nouveau sourire carnassier du plus bel effet. Imbécile heureux, me convient assez bien également.

— Vous ne vous ménagez pas, mon cher Émile Milliard. Vous ne devriez pas être si dur avec vous-même, ajoute-t-elle, dans une langueur infinie qui laisse supposer un tas de choses assez troublantes.

— L'imbécillité heureuse est un élixir formidable. Vous devriez essayer, c'est très libérateur, vous savez.

— Tout ce que je sais pour le moment, c'est que vous me plaisez de plus en plus, susurre la princesse des étoiles.

— Je suis comblé, madame. Et je serais enchanté de vous rendre la pareille lorsque vous le jugerez opportun.

— J'ai des goûts et surtout des envies… qui sortent un peu de l'ordinaire, comme je vous l'expliquais tout à l'heure.

— Je suis un spécialiste de l'érotisme chic et de bon goût, mais toutes les folies sont dans ma nature.

— Vous croyez vraiment que vous pourriez me faire jouir? dit soudain la princesse des étoiles tout en glissant quelques-uns de ses doigts dans le décolleté vertigineux qui dissimule à peine sa voluptueuse poitrine.

— Qui sait ce que nous pourrions découvrir ensemble? risqué-je comme un kamikaze de l'érotisme ordinaire.

— Vous croyez que mon corps sublime pourrait se satisfaire de vos minuscules prouesses, lance-t-elle d'un air défiant.

La princesse des étoiles se lève et elle écarte légèrement certains des oripeaux de grand couturier qui mettent en valeur ses formes monumentales. Mon outillage spécialisé reprend tout à coup une vigueur inattendue, tandis que son corps à demi dévoilé se projette déjà dans mes fantasmes les plus ténébreux et les électrifie d'un coup de circuit de grand maître du bâton.

— Et alors, monsieur Milliard, vous pensez que vous aimeriez faire jouir ce corps de rêve qui est le mien?

— Et si nous jouions ensemble, répondis-je.

— Oh la, la, vous êtes terrible, mon petit Émile, répond la merveille des étoiles en caressant distraitement un de ses mamelons qui semble désireux de se faire gober sur-le-champ.

— Émile Milliard 1er, dit le Terrible. Ça me va. Qu'est-ce qui vous plairait en ce jour miraculeux?

— J'ai quelques idées. Venez chez moi, Émile, je vous invite. Vous et votre corps idéal. Et peut-être même vous dirai-je mon vrai nom, murmure-t-elle tout en réajustant ses tissus de grand luxe sur son enveloppe sublime.

Et voilà que la princesse des étoiles me prie maintenant de l'accompagner vers l'une de ces portes invisibles vers le nulle part et l'ailleurs, qui vient précisément de s'entrebâiller au moment le plus inattendu. Je profite de la diversion causée par l'ouverture de cette entrée sur d'autres mondes pour grappiller les derniers comprimés miracles restés au fond de mon écuelle. Cette nouvelle issue, qui vient tout juste d'apparaître dans le mur de cette terrasse entre ciel et terre, l'attire irrémédiablement telle une promesse de félicité. En un rien de temps, nous nous y engouffrons, main dans la main comme si nous nous connaissions depuis une petite éternité.

Et c'est ainsi que nous voilà bientôt propulsés vers une nouvelle aventure qui promet énormément à en juger par le crépitement de mes artifices pyrotechniques en cavale.

Mais tout ceci n'est qu'une bien mince partie de l'équation complexe qui se développe maintenant à un rythme affolant comme une excroissance incontrôlable, ici même et ailleurs à la fois, il faut bien le dire.

Et j'enquêterai sûrement là-dessus tôt ou tard. Pour le moment, toutefois, je suis passablement occupé avec cette princesse des étoiles et l'un de ses corps sublimes, qui s'affaire tout à coup énormément sur le mien, tandis que mes fantasmes électrifiés reprennent du service illico presto.

◆◆◆

Chapitre 4 – Divagations diaboliques

Je déambule au sein de la torpeur accablante d'une fin d'après-midi de chaleur extrême dans les rues de cette capitale nordique si délicieuse, reconnue pour la beauté exquise de sa population féminine. Je marche sans but avec plein d'images débiles en tête. J'entre au hasard dans des galeries d'art et j'en ressors parfois aussi vite.

Qu'est-ce qui rend la Québécoise si merveilleuse en 2033? Cette question obsédante et quelques petits problèmes de basse finance reviennent m'agacer les idées au fil de ma progression vers le nulle part de moi-même. Mais ces interrogations ne résistent pas longtemps au paysage environnant qui s'embellit constamment d'une foule de jolis minois. En outre, je sens, depuis quelques instants, une présence plutôt agréable dans mon sillage de vadrouilleur dégoulinant, pendant que j'examine une nouvelle toile dans une galerie à l'avant-garde du futur antérieur. Cette œuvre que j'analyse précieusement est un nu spectaculaire d'une jeune femme très épanouie et tout à fait ravie d'en mettre plein la vue avec ses formes quasi parfaites.

Ah non, pas encore, direz-vous. Pourquoi pas, répondrais-je. Mon aventure ici-bas l'exige, je n'y peux rien. Profitez-en donc au lieu de critiquer. De la nudité et du sexe gratuits à pleines pages, quel imbécile s'en plaindrait? Vous préféreriez peut-être des assassinats, un peu de torture ou des meurtres en série? Des morons sautés qui s'engueulent à mort avant de s'entretuer à la mitraillette? Vous êtes vraiment bizarre parfois. Et je suis assez étrange moi aussi, alors continuons donc. Et vive le sexe gratuit. Enfin, surtout pour vous. À titre de professionnel de la galanterie rémunérée de grand luxe, vous comprendrez qu'une certaine discrétion s'impose au chapitre de mes honoraires faramineux.

Soudain, je constate que les yeux de ce modèle nu produisent un effet vaguement hypnotique sur mon humble personne. Dès que mon regard s'y attarde un peu, il ne peut plus s'en détacher. Ces yeux sont tellement vivants. On dirait des yeux humains captifs d'une toile. Je cède un moment à cette fascination, comme beaucoup d'autres avant moi sans doute. Une employée de la galerie profite de ce moment singulier pour venir me causer.

— Vous aimez cette toile, vous aussi? me demande-t-elle.

— Ces yeux sont fascinants, sont les seuls mots que je parviens à balbutier.

— Et ce corps est divin, ajoute-t-elle tout bas.

Je demeure prisonnier des yeux de ce tableau durant un certain temps. Et je commence à apprécier l'intention ironique de ce peintre que je ne connais pas encore. Peindre si merveilleusement une très jolie femme, nue comme un nuage, quelle belle idée. Pousser ensuite le spectateur à regarder seulement ses yeux, au moyen d'un tour de passe-passe hypnotique dont je ne parviens pas à saisir le modus operandi, voilà un coup de génie.

— Ce peintre est prodigieux.

— Regardez sa signature, répond la galeriste.

Je regarde au bas du tableau où pointent les doigts de cette jeune femme délicieuse. Je constate la présence de lacérations dans la toile. Comme des coups de griffes éclaboussés de noir et de jaune assénés juste en dessous d'un superbe tigre endormi aux pieds de la belle au regard hypnotique. Cette signature extrêmement originale me donne à penser que ce peintre pourrait fort bien être une sorte de bête fauve qui laisse sa trace d'une patte griffue trempée dans la couleur. Un frisson pas désagréable du tout me parcourt la peau du dos en un clin d'œil.

Les yeux de la galeriste, deux taches azurées délavées par le temps, fixent les miens un long moment. Elle ne dit rien. Moi non plus. Mon regard se perd dans le sien, délayé par de trop longs printemps. Elle lève tout à coup la main gauche, replace une mèche de ses longs cheveux de liane déliée derrière son oreille, et elle penche ensuite la tête comme pour me révéler la naissance de son cou.

J'ai le goût de baiser ce joli cou et je sens qu'elle en aurait envie aussi. Il me semble que je perçois comme une bouffée d'énergie sauvage qui monte dans son corps très élancé. La galeriste saisit soudain un éventail posé sur un meuble pour se rafraîchir la figure.

— Quelle canicule, dit-elle en m'effleurant le visage d'un regard à la dérobée.

Puis ses yeux retrouvent les miens et nous examinons, un peu trop longuement peut-être, la possibilité de nous jeter l'un sur l'autre comme des bêtes. Au moment où cette pulsion devient irrépressible de part et d'autre, selon mon interprétation personnelle du moins, la présence plutôt agréable, que je sentais dans mon sillage depuis un moment, se matérialise tout à coup près de nous.

— Quelle merveille ce tableau! dit la nouvelle venue, une grande diablesse fringuée comme une vedette de cinéma.

— Il est tout simplement exquis, souffle la galeriste, qui me lance ensuite un coup d'œil amusé.

— Ces yeux sont terribles, ajouté-je, pensif comme un vieux pro de n'importe quoi.

— Qu'est-ce que vous dites? lance la grande diablesse distinguée.

— Ces yeux sont vivants, chuchoté-je pour capter son attention.

Mon intonation volontairement théâtrale incite la grande diablesse à examiner plus attentivement ces yeux étranges. Elle demeure immobile un long moment devant ce tableau, captivée par ce qu'elle voit. Elle relève ensuite la tête et nous regarde successivement pendant un certain temps. Puis elle replonge son regard dans les yeux du tableau et elle reste figée là encore plus longtemps que la première fois.

Lorsqu'elle redresse la tête, la grande diablesse semble ahurie. Son esprit flotte probablement quelque part à l'extérieur de son corps qui bouge maintenant au ralenti, comme si elle était passée sur un autre plan de la réalité où le temps s'écoulerait autrement. Je m'éloigne un peu de ces deux femmes et de ce fichu tableau au regard vivant. L'atmosphère se délite puis se recompose sous une forme qui ne me plait plus tellement. Le temps se liquéfie dans l'air humide de cette galerie pourtant climatisée. Je sens que quelqu'un ou quelque chose nous observe à partir d'un univers parallèle ou d'un autre espace-temps, enfin quelque chose comme ça. Je jurerais que cette chose venue d'ailleurs s'affaire à capter le moment présent. Comme si nous devenions les personnages d'un tableau en devenir mis en forme par cette entité indéfinissable. Un tableau vivant rempli de présences animales, qui s'approchent furtivement entre des branches et des arbres imaginaires. Mais je m'égare sans doute une fois de plus dans les méandres de mes affabulations débiles.

— Qu'est-ce qui se passe ici, fait la grande diablesse, un peu perdue dans ses pensées.

— Ce tableau vous parle, glisse la galeriste le plus sérieusement du monde.

Le goût d'ajouter une connerie énorme à ce discours de vente tous azimuts me traverse l'esprit, mais je me contente de ricaner secrètement comme un vieux macaque aphone au risque de rameuter ma ménagerie intérieure.

La vue de ce tigre endormi sur ce tableau mystérieux me plonge soudain dans un nouvel épisode de délire animalier. Mon regard se perd dans les détails inextricables de son pelage hallucinant. J'en arrive presque à imaginer mon propre corps sublime recouvert de tels poils noirs et jaunes savamment disposés par une nature inimitable. Et si je me voyais maintenant parcourant la savane dans toute ma splendeur de tigre en liberté? Et si le goût du sang frais de gazelle venait alors me chatouiller les papilles?

Soudain, quelques feulements féroces suivis de rauque-ments atroces retentissent dans la galerie.

— Qu'est-ce que vous dites? me demande un autre client, un jeune barbare de luxe qui vient de surgir près de moi et qui tente de faire de l'humour.

— Ça sent le tigre, répondis-je de ma voix la plus rauque, avant de lui montrer toutes mes dents par pur plaisir dentaire.

— C'est une nouvelle installation, dit la galeriste. Allez y jeter un coup d'œil, si vous voulez. C'est par là, ajoute-t-elle en indiquant un escalier qui monte tout au fond de cette pièce immense.

Le jeune barbare de luxe s'y précipite attiré par de nou-veaux grognements encore plus puissants. La grande diablesse hypnotisée par le tableau a laissé choir sa magnifique carcasse dans un fauteuil très confortable. Elle semble encore sonnée de son expérience artistique hors normes causée par le regard fascinant de cette œuvre. Sans même parler de ces cris sauvages qui viennent tout juste de nous tarauder les tympans. La grande dame entre-prend tout à coup de raconter à la galeriste une histoire pour le moins étrange suscitée par la vision de ce tableau magique. La galeriste l'écoute en soupirant très légèrement. Elle s'assoit bientôt près de la grande dame qui poursuit son histoire fondée sur des expériences de perception extra-sensorielle qui l'ont menée au seuil de l'indicible et peut-être même dans l'ailleurs indéterminé. J'irais facilement jusqu'à croire que j'ai déjà entendu tout ça quelque part.

Les cris de bêtes fauves se répandent encore dans l'air de plus en plus humide de cette galerie et je décide de monter à l'étage pour examiner cette installation mystérieuse.

Dès que je pose le pied sur la première marche, un rugissement semblable à celui d'une panthère déchire l'atmosphère. Des cris d'humains terrorisés s'ajoutent lorsque j'atteins les marches suivantes. Puis les rauquements, les mugissements et les cris féroces se multiplient. D'une marche à l'autre, de nouveaux hurlements s'additionnent et je me sens pénétrer dans une sorte de jungle sonore, que je crains maintenant de voir se matérialiser au sommet de cet escalier vers l'au-delà de moi-même.

Arrivé sur les dernières marches, je tente de jeter un coup d'œil à l'intérieur de cette salle d'exposition. Je n'y parviens pas tout à fait et je dois continuer mon ascension si je veux voir quelque chose. Je monte sur le palier en retenant mon souffle.

Je n'ai jamais vu une chose semblable. Je me dis que je viens sans doute d'accéder à l'un de ces univers imaginaires qui peuvent vous propulser dans des mondes parallèles sans avertissement. Je pénètre dans cette jungle, qui n'est plus seulement sonore, mais bien visuelle et animée. Des animaux sauvages d'une variété d'espèces imaginables et imaginaires semblent vivre ici, en toute liberté, au sein de ce monde qui pourrait probablement devenir réel à tout moment. Ces bêtes évoluent dans une sorte de réalité à définition légèrement trop faible pour exister vraiment, mais suffisamment aboutie pour s'y laisser entraîner. L'effet de cette œuvre est foudroyant. Non loin de moi, quelques lions dépècent un zèbre malchanceux. Le sang gicle, les lions rugissent et se débattent pour conserver leurs droits sur leur proie réduite à l'état de carcasse sanguinolente. Les viscères de la pauvre bête rayée de noir se répandent sur l'herbe déjà rougie de la savane dans des flots de sang frais. Un vieux vautour cabossé se risque à plonger dans la boucherie pour grappiller sa part du buffet. Un des lions lui démolit la figure dans un nuage de plumes. Des chacals alléchés tentent de se joindre à la dégustation en catimini. Mais les lions s'acharnent et veillent, la gueule pleine de sang et de chairs palpitantes.

Je vois maintenant le jeune barbare de luxe qui s'approche d'un des lions, tout en marchant à quatre pattes et en meuglant comme un fauve affamé. Je jurerais que son visage se transforme en tête de tigre au fil de sa progression. Le jeune homme en métamorphose animale arrive près du lion, pendant que ce dernier dévore une cuisse du zèbre, et il y plante ses nouvelles dents de fauve en devenir. Le lion lance un rugissement qui remonte probablement jusqu'aux débuts de son espèce. Au moment où le lion se jette sur le jeune barbare de luxe pour le réduire en lambeaux sanguinolents, je détourne le regard et je me retrouve face à face avec une fille de la jungle qui veut jouer. C'est une grande métisse athlétique au regard farouche, vêtue seulement de quelques tatouages tribaux des plus fascinants.

— Viens avec moi beauté, qu'elle me dit en m'agrippant le bras.

Le contact de cette main de la jungle me propulse dans une phase supérieure de cette installation. Les choses deviennent terriblement réelles tout à coup. J'entends encore les lions qui se chamaillent, mais leurs grognements s'amenuisent à mesure que ma nouvelle amie m'attire vers je ne sais quoi. Nous nous agrippons à des lianes et nous grimpons vers la voûte forestière comme si nous traversions simplement la rue. Me voilà devenu un homme de la jungle par mimétisme spontané semble-t-il. J'aimerais prendre le temps d'admirer plus en détail les singuliers atours de ma nouvelle complice, mais nous continuons de grimper follement d'une liane et d'une branche à l'autre, et je suis trop occupé à survivre. Notre ascension effraie maintenant une famille de chimpanzés perchés en hauteur qui nous balancent leurs meilleures voyelles en chœur tout en montrant les dents.

— i, i, i, ou, ou, ou, a, a a.

Essoufflé, les muscles démolis, je m'arrête sur une branche massive et je regarde en bas. Je suis presque arrivé au sommet de la voûte forestière et un vertige irrésistible me saisit pendant que j'observe cette jungle qui s'étend à perte de vue dans toutes les directions. Je darde mon regard vers les hauteurs comme si cela pouvait m'aider à oublier l'altitude. Au-dessus de moi, vers le faîte des arbres, je vois encore quelques branches qui s'élancent en direction d'un ciel bleu impeccable, et cette formidable métisse qui continue de grimper en lançant des cris fous. Je regarde soudain vers le sol et je perds tous mes moyens. Je sens que je vais tomber, car je n'ai plus la force de m'agripper à cet arbre. Et je tombe bientôt, emporté dans une spirale mortelle. Tout tombe au ralenti autour de moi, les arbres ramollissent et fondent, et je tombe, tombe, tombe, vers ma tombe, peut-être, hypnotisé par ce vide.

Et je me retrouve bientôt devant ce tableau fascinant et ces yeux qui me dévisagent, qui m'hypnotisent, qui me rabotent l'âme et la volonté jusqu'au fond du corps. Je me doutais bien que mes rêves les plus fous viendraient un jour me traquer dans une certaine réalité. Je sens que je reperds inlassablement ce fil que j'essaie de suivre depuis si longtemps. Et, désormais, je sais que j'ai besoin de ce tableau pour vivre. Je veux qu'il continue de m'ensorceler chaque jour, jusqu'à la fin de ma tournée sur cette planète.

— Vous demandez combien pour ce chef-d'œuvre? lance la grande diablesse distinguée d'un ton catégorique.

— Un instant, je vérifie, répond la galeriste.

— Vous l'aimez, vous aussi, me demande la grande dame pendant que ce regard hypnotique continue de m'ensorceler.

— J'ai besoin de ce tableau, répondis-je simplement, les yeux rivés sur les prunelles flamboyantes de ce modèle nu qui me trouent les idées.

— Vous viendrez le voir chez moi quand vous voulez. Je lui réserve une place de choix. Vous êtes tellement excitant, dit la diablesse distinguée en s'approchant pour me caresser les cheveux.

Je ne sais que répondre. Cette grande diablesse me regarde et continue de jouer dans mes cheveux de sa main douce comme si elle avait trouvé un trésor. Puis elle revient sur terre, elle se présente et s'enquiert de mon nom. Elle rit un peu de ma réponse comme chaque fois que je décline mon identité ou presque.

La galeriste émerge bientôt de ses recherches pour annoncer le titre de ce tableau et son prix : « Des yeux de tigresses » proposé à cent trente-trois mille dollars. Elle ajoute qu'une autre vérification avec l'agent de l'artiste est requise avant la vente.

— Ah! Et pourquoi donc? demande la dame.

— L'artiste aimerait rencontrer l'acheteur, répond la galeriste. Ses tableaux ont parfois des effets imprévisibles...

— Ah! Ha! Je veux connaître ce peintre. Je raffole des artistes de grand talent. J'en croque quelques-uns à l'occasion. Hi, hi! Avez-vous d'autres renseignements sur lui? questionne la grande dame devenue un peu fofolle.

— Il n'est pas d'ici, répond la galeriste comme si cette affirmation venait mettre un terme à la discussion.

Je m'imagine déjà dégustant le meilleur champagne, et quelque drogue très douce, l'après-midi d'une autre soirée de rêve, ravi par ce tableau et ma nouvelle conquête, Madame Hermine du Grand Duc. Jusqu'à ce que nous soyons tous les deux complètement possédés par ce modèle aux yeux si envoûtants. Et que nous nous mettions à délirer dans le spa invitant, une flute de champagne à prix d'or à la main, pendant qu'un pianiste improvise sur des tempos jazzistiques éternels. Qui sait jusqu'où un tel regard peut vous mener?

— Appelez-moi Minette, si vous voulez, me murmure soudain à l'oreille la grande diablesse, avant d'ajouter quelques baisers humides sur mes joues, puis sur mes lèvres.

Je ne déteste pas me faire causer de la sorte par une grande dame distinguée. Voir une belle femme intelligente, raffinée et très riche céder à ses pulsions est une expérience qui me permet de continuer à respirer chaque jour. Et même plusieurs fois par jour. Et si le luxe et la volupté veulent bien s'ingérer dans nos aventures en devenir, pourquoi pas? Cette femme est dans la force de l'âge, et on sent qu'elle veut profiter de la vie. Mélange explosif. Qu'il faudra manier avec le doigté approprié. Sous ma chemise d'explorateur, je sens des gouttes de sueur qui me zèbrent la peau du dos et du ventre. D'autres gouttes surfent ensuite sur mes outils en attente qui s'agitent déjà dans la pénombre. Je prendrais bien un petit remontant avant de me décomposer sur place.

Je dis à la grande diablesse distinguée que je vais essayer de trouver quelque chose de rafraîchissant à déguster pendant qu'elle termine son achat. Elle me tend les clés de son bolide de grand luxe en guise de réponse.

— Vous trouverez ma panthère automobile dans la rue voisine. Il y a tout ce qu'il faut à un beau jeune homme comme vous en cette merveilleuse journée. Vous êtes si… excitant! J'ai très hâte d'aguicher vos merveilleuses bestioles, mon cher Émile.

La grande diablesse distinguée dépose de nouveau quelques baisers humides un peu partout sur ma figure, ce faciès incomparable qui lui fait tellement d'effet. Elle est complètement accro, déjà, c'est clair. Quand je pense aux multiples chirurgies esthétiques subies pour en arriver là, je me dis que cet investissement-visage était sans doute une bonne affaire. Puis, je prends les clés et je sors, persuadé que cette nouvelle journée va me mener loin, sinon ailleurs. Et je vois bientôt sa panthère mobile, une sorte de bombe fuselée, un modèle exclusif moulé dans une carrosserie aussi effilée qu'une aile d'avion furtif et sans aucune inscription de marque.

Je prends place dans le bolide. Me voici transporté en 2055 ou à peu près. Je sens que nous allons nous amuser. Je démarre la bombe et la fais tourner à bon régime. La symphonie sauvage de son moteur me porte à croire que cette petite promenade sera mémorable. Quelques instants plus tard, Minette arrive pendant qu'une musique de circonstance vrombit dans l'habitacle. J'irais probablement jusqu'à affirmer qu'il s'agit là d'une improvisation de Mock Ping à l'harmoniseur antémodal de classe C, sublimée d'une variation nappée à l'oxyphyton mineur. Mais je peux aussi me tromper parfaitement et complètement. Cela demeure toujours concevable. Tout est toujours possible ici. Je ne cesserai jamais de le répéter. Car c'est l'obscure vérité. Ce dont je suis sûr, toutefois, c'est que cette nouvelle forme d'anti-musique est vachement tendance en cette saison d'excès de tous les succès.

— Oh yé baby, baby oh yé! gazouille Minette en claquant des doigts.

Ma nouvelle cliente est complètement folle de joie. Je sens qu'elle se promet une virée démente non seulement dans son bolide, mais aussi avec le mien, enfin ce machin assez élégant qui me sert de véhicule sur cette planète. Je l'imagine déjà me présentant des effeuillages improvisés pour ausculter les réactions de ma carcasse et sculpter cette partie de mon âme à géométrie variable. Mais je suis sans doute complètement à côté de la plaque, comme d'habitude. Entre deux phrasés jazzés à souhait, Minette lance soudain le mot « château » à son bolide et nous voilà partis pour quelques zigzags dans le labyrinthe routier du centre-ville, suivis d'une belle échappée dans une courbe serrée de l'autoroute.

Hermine du Grand Duc, dite Minette, me parle maintenant de ses préférences en matière de liqueurs extraterrestres pour célébrer cet achat de choix, ainsi que notre rencontre. Cette occasion séduisante qui va changer sa vie à tout jamais, comme elle le déclame si bien, d'un ton de comédienne burlesque merveilleuse- ment bien imité.

— J'ai joué un peu au théâtre dans ma jeunesse, babille la merveilleuse Minette.

Une imposante variété de drogues et d'alcools figurent dans sa petite trousse de dépannage pour la route. Elle ouvre trois bouteilles, verse une certaine quantité de ces trois liquides dans un verre cubique et y ajoute quelques nuages de poudres diverses. Elle me sert le tout avec des glaçons pliés en quatre dimensions et elle ajoute, d'un ton indéfinissable :

— Vous ne verrez plus jamais le monde de la même façon. Croyez-moi.

Je regarde, hume et déguste finalement cette liqueur un peu trouble dont je n'ai aucune idée de la composition. C'est d'un goût exquis, incomparable. Je regarde les bouteilles du coin de l'œil : aucune marque reconnaissable. Seulement des produits exclusifs et impossibles à identifier d'emblée. Je constate délicieusement que je viens de pénétrer dans un univers personnalisé à l'extrême. Je sens que cette grande diablesse pourrait sans doute m'apprendre un ou deux petits trucs sur la vie. Ou même sur la mort. Qui sait. Qui saura. Qui a su, saura. Qui a bu, boira. Je prends une autre gorgée de cette merveille redoutable qui me défrise doucement les circonvolutions du cerveau. J'ai déjà vu pire comme entrée en matière. Mieux aussi, mais bon. On ne peut pas gagner le gros lot à tout coup. Et il est toujours possible que cette Minette se révèle encore plus sulfureuse que prévu. Quoique, quoique. J'en arrive presque à m'interroger quant à savoir si cette comédie érotique est vraiment nécessaire une fois de plus. Enfin, on verra bien ce qu'on verra et s'il y a lieu ou non d'obtempérer. Sans compter que je peux toujours foutre le camp bien gentiment quand cette histoire ne me plaira plus du tout.

J'avale d'un trait le fond de mon verre carré en verre vert. J'avais cru voir un verre vermeil peu avant le mélange de ces curieuses substances, mais qu'importe la couleur, tout est dans la saveur et surtout dans l'effet qui promet énormément. Une foule d'idées folles parcourent déjà les sentiers des souvenirs que je garderai peut-être des heures ou des jours à venir. Ce n'est qu'un autre de mes dadas débile : je me projette dans mes souvenirs du futur. Comme si ma vie n'était pas déjà suffisamment remplie de vide insondable. Je rêve aussi de vivre en accéléré tout ce qui me reste encore à connaître ici-bas pour en finir au plus vite avec mon existence actuelle. Je m'imagine parfois en vieux sage, ou en vieux singe, tout ceci n'est pas encore très clair. Un vieux sage, disons donc pour le moment, un vieux sage presque momifié, installé sur une île perdue dans le Pacifique. J'y accueillerais des gens venus d'un peu partout pour parler de tout et de rien. Certains de mes invités iraient peut-être même jusqu'à rêver de s'incruster dans cette nature prodigieuse pour y disparaitre à tout jamais; moi le premier d'ailleurs, je ne sais trop si je résisterais très longtemps à un tel appel.

Pendant que je continue de rêver à une autre demi-douzaine d'existences improbables, le bolide de Minette dévore la route en rugissant quand il le faut. Et le temps s'arrête dans l'habitacle comme si la vitesse pouvait ralentir la vie et annihiler le superflu de l'inutile. Tout à coup, la peur de disparaitre définitivement me chatouille le poil des oreilles un instant.

Grâce au diable, Minette est assise devant moi, dans son siège flottant aux allures de petit boudoir privé, et elle sirote son paradis artificiel les yeux perdus dans des nuages de brume imaginaire. Je me sens devenir comme une volute de fumée bleue échappée d'un cigare alchimique qui s'en va caresser doucement la joue de ma nouvelle cliente. Tout devient de plus en plus léger, moi et Minette compris, et voilà que mon nez en l'air se perd maintenant dans son cou et ses cheveux.

— Arrêtez, vous me chatouillez, petit scélérat, dit Minette alors que son corps en redemande déjà.

C'est quand même formidable cette sensation de sortir de son propre corps pour aller caresser cette grande dame distinguée, qui ne devrait plus le rester encore très longtemps. Je soupçonne que son petit paradis liquide en bouteilles va volatiliser sous peu les dernières digues de sa sérénité volcanique. Qu'est-ce qu'elle a bien pu verser dans cet élixir? Je sens s'opérer une métamorphose étrange dans les recoins les plus inexplorés de mon jardin personnel. Et je constate avec plaisir que ma jolie Minette a décidé de détacher quelques boutons de sa merveilleuse blouse qui bouge si agréablement devant mes yeux ravis. Un premier bouton, puis un autre, qui révèle deux courbes gracieuses, et enfin un troisième, qui met soudain en valeur l'aréole de son sein gauche et son superbe mamelon rose de contentement.

— Est-ce que vous évaluez le corps de vos clientes, mon cher Émile? murmure Minette en palpant légèrement ses superbes seins de ses longs doigts effilés.

— Je ne trouve plus de nombres suffisamment élevés, risqué-je comme un comptable créatif tout en continuant d'admirer ses courbes.

— Vous êtes tellement mignon, je vous adore déjà mon petit Émile, répond la belle en continuant de caresser doucement et de cacher si peu ses seins généreux.

— Et vous, vous êtes sublime, madame.

— Appelez-moi Minette et mettez-vous à l'aise, Émile. J'adore votre nom. C'est tellement fou.

— Un nom qui me va à ravir, je dirais.

— Arrêtez de me faire rire et venez plutôt me faire mourir. J'ai besoin de votre corps… et peut-être même de votre âme.

— C'est un peu plus cher, mais pas tant que ça, ajouté-je d'un ton badin comme un bon petit martien.

Soudain, les festivités démarrent en trombe dans la panthère automobile de Minette. Cette grande dame diaboliquement distinguée semble de plus en plus excitée à l'idée de renouer avec les furibondes bestioles de sa ménagerie intérieure.

Madame Hermine du Grand Duc m'agrippe déjà par le cou d'une main, je sens sa griffe sur ma peau. Elle m'arrache mes vêtements pendant que je fais de même avec ceux qui lui restent puisqu'il semble que c'est bien ce qu'elle désire. Mon intuition est parfois transcendante. Je découvre un corps comme on en voit peu. Une peau laiteuse, des seins légèrement rosés, des mamelons rose bien charnus, des hanches épanouies et un minuscule triangle de poils délicatement taillés, juste au-dessus de la zone des jeux les plus joyeusement juteux.

— Et alors, ça vaut combien une œuvre d'art comme ça, d'après vous? fait Minette en exposant sa marchandise dans les moindres détails.

— Ça n'a pas de prix, est la seule réponse qui me vient à l'esprit.

— Vous n'êtes pas très loin de la vérité. Je vous raconterai son histoire un jour, si vous êtes toujours de ce monde, répond la belle.

— Son histoire?

— Vous ne croyez tout de même pas que c'est naturel un look comme ça.

Minette m'agrippe ensuite la queue comme si elle saisissait un bout de cordage sur son voilier avant un nouveau départ vers le grand large.

— Et ça, est-ce que c'est naturel? dit-elle en me griffant un peu le machin avec ses ongles de bête féroce.

— Vous ne trouverez rien de mieux ailleurs, je vous le garantis!

— Et si je vérifiais ses capacités? lance-t-elle en accentuant sa poigne griffue.

— Vérifiez tout ce que vous voulez, ma dame, je suis là pour vous satisfaire, ajouté-je en souriant comme un imbécile givré, malgré une certaine douleur pas tout à fait désagréable.

— C'est bien, nous y reviendrons plus tard.

La grande dame excessivement distinguée et aussi nue qu'une panthère relâche sa poigne de fer sur mon instrument de travail. De sa main moite, elle reprend son paradis liquoreux et elle en siffle avidement une gorgée dont elle se gargarise un instant avant de l'avaler goulûment. Est-ce bien un rôle qu'elle vient de commencer à jouer devant moi? La croqueuse d'hommes qui perd la tête et qui pourrait estropier sérieusement son cobaye et peut-être même le tuer d'un amour féroce devenu soudainement incontrôlable? Ou est-ce ma beauté magnétique qui lui fait perdre réellement la tête? Je note mentalement que je m'épuise en conjectures à ce stade-ci de notre représentation. Et je me dis qu'il faudra bien que j'enquête là-dessus le plus rapidement possible si je veux continuer à profiter de la totalité de ma beauté personnelle encore un certain temps, et non pas à titre posthume. Si toutefois la chose est possible, dans l'état actuel des sciences de la résurrection, pour les pompeux moribonds comme moi.

La panthère mobile de ma panthère subtile vient d'arriver à destination semble-t-il. Nous voici maintenant devant une porte gigantesque en acier sculpté, encadrée de piliers du meilleur béton surmontés respectivement d'une statue de vautour. Cette chose imposante devrait s'ouvrir incessamment pour nous donner accès à un manoir gigantesque par une route perdue en forêt, où folâtre une faune diversifiée de premier choix. Ma technique de visionnement mental anticipé de mes souvenirs futurs est parfois époustou-flante.

Pendant que je sens les dents et les griffes de ma grande diablesse s'affairer de nouveau sur les parties essentielles de mon outillage anatomique, je me dis que j'aurais sans doute dû sous-crire cette assurance accident et invalidité tous azimuts pour travailleurs indépendants. Avec un appareil mâle proprement rasé et naturellement parfumé à leur disposition, certaines de ces grandes femmes deviennent complètement folles en un rien de temps. Un peu de yoga mental devrait me permettre de tenir le coup jusqu'au dessert, à moins que je ne devienne moi-même l'objet de cette gâterie finale.

J'essaie de cogiter autrement tandis que j'en profite pour observer les déplacements discrets de quelques animaux fabuleux attirés par notre arrivée en cette forêt mystifiante. Nous y pénétrons à pas de panthère mobile de très grand luxe dans un silence impressionnant que je n'ose trouer de mes cris de bête traquée. J'adore me faire peur moi-même avec des conneries de qualité supérieure. Aïe, aïe, couille, couille…

Je pense ensuite qu'il est temps de passer à l'attaque, si je veux être encore en mesure de me défendre dans la dernière ligne droite. Avant la cage et le fouet qui m'attendent sans doute quelque part dans ce fabuleux manoir qui émerge maintenant de cette forêt ahurissante. Ah! l'après-solstice de l'été 2033. Que de délires en perspective.

« Et si nous prêtions l'oreille un instant à ces serpents à sonnette qui s'excitent dans le silence oppressant de la savane assauvagie? sss, sss, sss » dirait peut-être un pas pire poète passant par là par inadvertance à ce moment précis.

« What the fuck les rimettes » répondraient sans doute les yeux de Minette pendant que ses dents, sa langue et ses lèvres sont sous l'emprise d'une fièvre gustative très dévorante.

♦♦♦

Chapitre 5 – Lendemain de rien

Je rêve que je navigue dans une pirogue sur une rivière infestée de piranhas géants qui me sourient de toutes leurs dents. Si une seule de ces pointes acérées me pique au sang, je suis fait comme rat. Et quand je dis rat, je pense plutôt cloporte ou ver de terre. Il suffirait d'un rien pour que je finisse proprement nettoyé comme ce chimpanzé qui vient de tomber à l'eau, là-bas, sous des palétuviers. Tous ces charmants carnassiers aquatiques se jetteraient alors sur moi pour mettre en valeur mon joyeux squelette. Et je finirais probablement comme ce pauvre singe, qui flotte maintenant entre deux eaux et qui me sourit avec les dents de son cadavre.

Mes pires cauchemars se sont beaucoup améliorés depuis que j'ai suivi cet atelier sur le contrôle mental en état de sommeil paradoxal. Je peux maintenant rêver tout ce que je désire ou presque, grâce à quelques suggestions hypnotiques stratégiquement formulées au moment opportun. Parfois, je me dis que je devrais me contenter de rêver jusqu'à la fin des temps. Et ne plus jamais me réveiller. Mais ne me suis-je jamais réveillé de quoi que ce soit ici-bas? Dans la véritable réalité, je veux dire. La réalité la plus ennuyeuse et mortifère. La très très dure réalité de votre humble serviteur, explorateur aguerri de la super femme de grand luxe. Vroum, vroum. Car tout ça peut devenir mortellement barbant en un rien de temps. Toutes ces vieilles folles remontées comme des vedettes de cinéma qui s'amusent encore à des galipettes sans aucune imagination. Je n'irais pas jusqu'à dire que Minette en est rendue là, mais, bon, la réalité, quelle qu'elle soit, finit toujours par vous rattraper un de ces quatre matins. Et dans cette foutue réalité, je sens également que quelque chose me poursuit, comme un piranha par exemple, un spécimen partiellement édenté heureusement. Un vieux piranha avec un dentier emprunté, qui me ferait quelques morsures plutôt décoratives que je pourrais exhiber ici et là avec le sourire impénétrable de l'aventurier des temps modernes, qui a déjà tout vu de ce monde, tout vécu et tout compris. Qui? Quoi? Pour qui? Pourquoi est-ce que je me sens poursuivi? Est-ce que je devrais le savoir? Peut-être, peut-être et même sans doute, mais c'est ça qui est ça, et cætera, et cætera.

Quoi qu'il en soit, c'est toujours mieux que de se jeter par la fenêtre du centième étage avec une dose de poison dans les veines et une enclume autour du cerveau. Et il y a encore ce maudit tableau auquel je suis maintenant accro. Il faudra bien que je retourne m'y exposer l'œil dans un futur prochain au risque d'affronter les griffes de Minette et sa folie rampante.

Et si je rêvais maintenant d'une île perdue au milieu de cette rivière aux piranhas géants? Ou ailleurs, de préférence? Une île peuplée de jeunes femmes, toutes plus belles les unes que les autres. Seulement des beautés uniques qui parleraient un dialecte dont je ne comprendrais pas un traitre mot tout en se baladant presque nues dans une jungle accueillante. Un de ces endroits relax au max où l'on trouverait aussi quelques petits bars pas détestables du tout installés sur des terrasses naturelles offrant une vue panoramique sur d'autres mondes, planètes ou galaxies? Pourquoi pas? Allons-y mon kiki et hop l'île mystérieuse remplie de beautés sublimes.

Ce rêve demeure l'un de mes préférés. Je me promène dans cette île paradisiaque peuplée de beautés sauvages qui vaquent à leurs occupations comme si je n'existais pas. Je suis presque vêtu d'un pagne et mon corps est décoré de plumes et de peintures tribales. Curieusement, j'arrive toujours à l'heure du bain et je vois bientôt une douzaine de belles jeunes femmes nues et mouillées qui s'amusent sous une chute d'eau, près d'un petit lac. Je m'assois un moment sur une roche pour les admirer. Ces jeunes beautés jouent maintenant à plonger dans l'eau pour en ressortir rapidement et se faire éclabousser par les jets puissants qui tombent de la falaise, tout en s'ébrouant joyeusement. Cette scène est d'une beauté époustouflante. Ces douze jeunes femmes jouent de tous leurs atours, palpent leurs plus belles courbes et se caressent mutuellement les fesses et les seins quand l'occasion se présente. Puis, elles rient comme des folles et exécutent des pantomimes gracieuses ou folichonnes.

Bientôt, de nouveaux jeux les attirent vers un autre monde. L'une après l'autre, elles enlacent leurs compagnes, et le groupe se retrouve rapidement soudé sur peaux nues et dégoulinantes. Ce magma humain en route vers le paradis se met à tournoyer lentement, puis de plus en plus rapidement, sur une grande roche plate affleurant le lac. Les douze femmes nues se confondent dans un tourbillon de rires, de baisers violents et brefs, et de caresses ardentes prodiguées au hasard. Un grand souffle d'énergie brute crée une brume laiteuse autour de cette orgie en révolution. Puis, la libération progressive de la puissance primitive de cette bacchanale et ses rotations effrénées font basculer le groupe qui se retrouve à l'eau.

Les douze femmes toujours aussi nues, et de plus en plus excitées par leurs prouesses physiques et sexuelles, reprennent bientôt pied sur la grande roche plate en ricanant comme des conspiratrices. Le groupe se resserre alors que l'une de ses beautés flamboyantes se sépare du groupe. Sa peau est d'un noir si profond qu'elle en devient presque irréelle. Elle est seule, nue et dégoulinante sur son bout de rocher, pendant que les onze autres femmes s'enlacent, se caressent et se regroupent à deux ou trois pour mieux palper leurs attributs flamboyants. Puis le groupe de femmes s'adresse à la femme isolée d'une seule voix aux multiples tonalités étonnantes. C'est une sorte de chant, une invocation, un appel peut-être.

Ensuite, les onze femmes avancent au ralenti vers l'apparition noire comme le néant, qui semble presque apeurée. Mais on sent bien que tout ça n'est qu'un jeu, un prétexte à jouir du moment. Les onze femmes entourent lentement la femme seule. Certaines immobilisent ses bras et ses jambes alors que d'autres s'approchent et la caressent de toutes les façons possibles. Le jeu du jour consiste à faire jouir la femme élue jusqu'à ce qu'elle perde connaissance dans une fruition bestiale. Et qu'elle se mette ensuite à délirer dans la langue des dieux, enfin, s'il en reste encore quelques-uns.

La femme seule, que les autres excitent de tous les moyens possibles, hurle soudain des mots incompréhensibles, aboie des cris de bête effarouchée et profère bientôt des incantations qui résonnent interminablement dans toutes les directions. Quelqu'un a sans doute compris quelque chose quelque part, du moins, c'est à espérer.

À un certain moment, j'ai dû me tromper dans mes suggestions paradoxales, car je me suis retrouvé près d'un hippopotame qui voulait m'inviter à dormir avec lui dans son bain de boue, et je me suis réveillé aussitôt en claquant des dents.

Et je me suis réveillé aussi dans le lit immense de cette chambre grandiose que je n'avais encore jamais vue avant aujourd'hui. Je garde peu de souvenirs clairs des dernières heures, sans même parler des derniers jours. Que des flashs d'orgies et de pratiques spécialisées avec Minette et ses amis. Des douleurs et des jouissances extrêmes. Des élixirs de toutes natures qui effacent un tas de choses et en amplifient d'autres. De la musique étrange interprétée par des musiciens très doués, capables d'extirper des émotions enfouies depuis des siècles. J'ai revécu des souvenirs futurs de certaines de mes vies postérieures qui ont failli me tuer. Je me suis vu mort, mangé par les vers, décapité, brulé vif, et combien d'autres horreurs. Mais je me suis vu aussi caressant jusqu'à l'extase des corps de beautés fauves qui n'en finissaient plus de jouir et de crier de plaisir. La routine, quoi. Enfin, ma routine à moi. Moi, Émile Milliard, c'est bien mon nom, je crois, du moins jusqu'à preuve du contraire.

J'admire le décor de cette chambre, couché sur ce matelas douillet comme un nuage. Je suis peut-être vraiment mort une bonne fois pour toutes. Il faudra bien que ça finisse un jour ces conneries-là, non? Un jour ou dans cinquante ans, quand je serai vieux, multimilliardaire et carbonisé de jouissance. Je mourrai pour de bon, pour rien, comme on meurt en général et en particulier, et hop au suivant. Meilleure chance la prochaine fois. Quelque chose comme ça. Mon regard se perd dans les détails de cette chambre mortuaire qui n'est pas tout à fait une chambre, mais plutôt une nef de cathédrale ou le dernier salon d'un pharaon. Quelle heure est-il? Quel jour sommes-nous? Pleuvra-t-il ce soir? et d'autres questions frivoles me traversent l'esprit. Je fais le tour de mes attributs d'une main gauche, l'œil droit rivé à ces murs de pierres gigantesques dont je ne distingue pas le sommet, noyé dans une sorte de brouillard plus noir que tout. Serait-ce un échantillon de cette fameuse matière noire qui mystifie encore la science et ses suppôts grassement subventionnés?

Cet endroit est tout simplement incroyable. Il y a des œuvres d'art exposées un peu partout, des peintures, des sculptures, certaines achevées, d'autres en chantier, des installations d'art moderne qui vous propulsent l'esprit ailleurs et bien au-delà. Et le tout baigne dans une atmosphère de fin du monde et de poussière d'autres siècles ou d'autres planètes ou galaxies, sait-on jamais.

Je me lève pour explorer un brin cette chambre pharaonique qui excite, que dis-je, qui pulvérise déjà mon imagination. Je suis nu comme à ma dernière renaissance et je marche dans ce capharnaüm en tenant mon outil précieux d'une main et la poche de ma lampe de poche de l'autre. Enfin, c'est seulement une façon de parler, car il y a suffisamment de lumière pour trouver trois ou quatre millions de dollars en diamants noirs du Pérou sous un meuble ancien. Mais bon, il faut bien que je m'occupe les idées, tandis que j'avance avec des images folles de la soirée orgiaque de la veille qui virevoltent encore quelque part dans mes souvenirs. Ou était-ce l'avant-veille? Je ne sais plus trop où j'en suis avec le temps. Je dirais toutefois qu'il me reste encore bon nombre de dulcinées à explorer avant de faire des confitures aux bananes comme on le radote parfois, au lieu de se la fermer et d'économiser son capital de stupidités.

J'arrive bientôt à une fenêtre immense percée dans la muraille de cette chambre, salon ou entrepôt de l'art du futur au prix d'aujourd'hui. « Nous payons la taxe de vente et la livraison est gratuite. Ouvert sept jours, vingt-quatre heures sur vingt-quatre. Amenez vos amis et obtenez un rabais supplémentaire. Passez une nuit avec Émile Milliard et vous pourriez gagner un voyage à l'autre bout de la galaxie. » Des prémonitions à caractère commercial me chatouillent l'enclume de l'oreille intérieure.

Cette fenêtre monumentale, percée directement dans ce mur de pierres cyclopéennes que l'on dirait alignées au laser, donne sur un paysage qui relève de l'art, de la magie et de la folie pure. Et le mur de cette chambre est tellement massif que la base de la fenêtre devient suffisamment vaste pour accueillir un joli boudoir meublé de quelques fauteuils et d'une table basse. J'y grimpe par un escalier en pierres avec l'intention de prendre le temps d'examiner ce paysage fantasmagorique pour gogos en cavale et autres touristes du futur postérieur. Je m'installe dans l'un de ces fauteuils en peau de python et je me laisse envahir l'esprit par la vue de ce paysage qui me laboure quelques strates cervicales, peu actives en ce début de journée, il est vrai. Le mi-Mile du Milliard fait son possible avec les restes de la veille.

Mon regard est rapidement happé par une foule de choses, et je me perds dans un labyrinthe aux cents issues. Est-ce un tableau vivant, du cinéma en douze dimensions ou une projection de mes fantaisies les plus folles, revues et corrigées par un visionnaire de l'art total? Je ne sais plus rien de grand-chose à vrai dire, enfin, encore un peu moins que d'habitude, devant ce déploiement d'images indescriptibles mitraillées sur mes rétines exsangues.

Mon cerveau fait soudain clic comme un grille-viande de luxe qui éjecte un rôti de péricorne massif, et je ferme les yeux par réflexe vital devant ces hordes de stimulus sauvages qui m'échauffent l'échine. Mes neurones dansent un ballet dont je ne les croyais plus capables. Je repars de plus belle vers une étoile que je ne connaissais pas encore, guidé par un filament de la grosseur de quelques atomes, mais long de deux cents années-lumière. Mon esprit de bottine se hasarde parfois à surfer sur l'espace-temps. Une dernière pensée complètement folle me passe par la tête : cette fenêtre donne sur un monde qui me ressemble trop. Puis, je disjoncte complètement et m'évanouis sur ce champ de bataille.

À mon réveil, je suis toujours assis dans ce fauteuil tellement confortable, installé sur la base de cette fenêtre immense qui laisse maintenant voir une forêt luxuriante s'étendant à perte de vue. Il y a une jeune femme particulièrement jolie assise en face de moi. Cette beauté exquise me regarde de ses grands yeux noirs étincelants comme un millier d'étoiles. Enfin, quelques douzaines au moins.

— Monsieur Milliard. Le célèbre Émile Milliard. Enchanté de vous rencontrer. Vous défrayez la chronique ces derniers temps, monsieur Milliard. Vous êtes merveilleux, lance cette jeune femme d'un air entendu.

Je suis à peine de retour d'une virée mentale dans quelques coins sombres de mes sites de compostage personnels, qui a failli me fêler le cerveau en deux. Je suis nu et en quasi-érection, et cette jeune beauté gracieuse me parle comme si j'étais la nouvelle vedette de quelque chose avec sa merveilleuse petite gueule de jeune première recyclée en intervieweuse interplanétaire.

— Pas la chronique nécrologique, j'espère, glissé-je sur une pelure de carotte racornie.

— Ouah… ha, ha, glousse subtilement la jolie petite gueule médiatique, tout en dissimulant de ses longs doigts ses lèvres vermeilles et sa dentition quasi phosphorescente.

— Vous riez si merveilleusement. Riez encore et je ferai tout ce que vous voulez, répondis-je tout en m'interrogeant sur les restes de ma santé mentale.

— Oh la la… Vous ne savez pas dans quoi vous vous embarquez mon petit monsieur Milliard. Mon tout petit Milliard. Comme c'est comique. Vous ne trouvez pas?

— Trop comique, ajouté-je en croisant pudiquement les jambes.

— Trop comique, en effet. Voyez-vous, monsieur Milliard, notre service du renseignement expérimente actuellement son nouveau dispositif de surveillance intégrale sur votre superbe personne. Vous êtes dans notre mire depuis un certain temps. Et rien n'échappe à ce nouveau dispositif.

— Et alors?

— Et bien, nous savons tout de vous… et même davantage, réplique-t-elle, tandis que l'intensité de son regard s'accroît de manière affriolante.

— Un à zéro pour vous. Si je vous disais que je ne sais strictement rien de moi. Comment faites-vous pour tout savoir sur moi? Vous m'intriguez énormément, mademoiselle…

— Appelez-moi Zixxya si vous voulez.

— Je vais essayer, répondis-je.

La sublime Zixxya me toise un long moment de la tête aux pieds, s'attardant malicieusement sur mes outils de travail. Un sourire coquin se dessine sur son petit minois médiatique pendant son évaluation du cobaye. Je sens qu'elle aurait le goût de me dire quelque chose comme : « Êtes-vous libre ce soir? Aimeriez-vous prendre un verre quelque part ou sauter en parachute avec moi? » Ou d'autres balivernes qui mènent souvent à des cavernes où on laisserait volontiers batifoler quelques bestioles qui chatouillent certains de nos instincts, et non les moindres. Aïe, aïe.

— Monsieur Milliard, vous êtes peut-être le candidat que nous recherchons si avidement, dit la merveilleuse Zixxya en tremblotant du cil gauche.

— Ah bon! Et alors?

— Nous cherchons quelqu'un comme vous, monsieur Milliard, pour accomplir une mission tellement secrète que vous n'en connaîtrez jamais la teneur. Si cela devait arriver par mégarde, nous serions obligés de vous éliminer sur-le-champ.

— Et qu'est-ce que j'y gagne à ce petit jeu de fous?

— Tout. Et rien de moins, dit Zixxya pendant qu'elle s'amuse à faire craqueler les articulations de son joli petit corps de jaguar.

— C'est beaucoup, mais encore?

— Plus d'argent que vous ne pourrez en dépenser. Des avantages, des voyages, des jetons d'immortalité et d'ubiquité, et bien d'autres choses…

— Mais c'est quoi cette foutue mission?

— Vous ne le saurez jamais, sinon vous êtes mort.

— Mais comment voulez-vous que j'accomplisse votre mission, si je ne sais même pas de quoi il s'agit?

— Ne vous en faites pas. Notre équipe s'occupera de tout. Vous n'aurez qu'à continuer à vivre comme vous le faites maintenant…mais ailleurs.

— Où ça? répondis-je, vivement interloqué.

— Eh bien, une foule de choix s'offrira au candidat retenu, mon cher monsieur Milliard, lance la belle en rougissant légèrement, les yeux rivés sur quelques galipettes intempestives de mes attributs survoltés.

— Écoutez, votre proposition semble intéressante, mais ma vie est déjà passablement remplie comme ça, et même comme ci. Est-ce que je peux y repenser jusqu'à plus tard?

— Il n'y a pas de plus tard. N'oubliez pas que nous savons tout de vous. Vous n'avez pas tellement le choix, monsieur Milliard.

— Et si je refuse?

— Je vais vous montrer des images qui vous aideront à voir clair, dit la petite gueule de vedette.

Les images qu'elle me projette sur cette immense fenêtre-écran transformable sont très claires en effet. Ce fameux service du renseignement a déployé des efforts considérables sur ma somptueuse personne. C'est tout à fait moi qui apparais sur cet écran. On dirait bien que les sbires de ce service du diable m'ont filmé en continu, depuis des semaines, voire même des mois, dans toute la splendeur de mon existence illicite et de mes conneries de premier choix. Et on procédé astucieusement à une sélection des grands moments de ma vie exquise, lesquels passent maintenant en rafale devant mes yeux ébaubis. J'y suis d'une drôlerie incommensurable. Enfin, à mon humble avis. Mais, je n'ai pas tout à fait tort de penser ainsi. Zixxya se met en effet à pouffer de rire à tout moment devant mes pitreries involontaires. Ces images sont de plus en plus drôles, et je me surprends bientôt à rire comme un imbécile moi aussi. Enfin, filmez un ouaouaron ou une marmotte pendant des mois et vous trouverez sûrement des moments cocasses comme disait un de mes mentors de l'espionnage animalier, le célèbre Zigzag Laligne, décédé récemment de la main armée de l'une de ses ex-conjointes.

— Alors, monsieur Milliard. Qu'en pensez-vous?

— Je savais que je finirais au cinéma un jour.

— C'est le rôle de votre vie, monsieur Milliard, dit la belle égérie tout en agitant follement ses délicates mains comme pour dessiner un futur mirobolant.

— Et quel sera le titre de ce chef-d'œuvre? m'enquis-je innocemment comme une brebis sur l'autel.

— Nous y reviendrons plus tard. En attendant, allez vous rhabiller. Il y a tout ce qu'il faut dans la vaste penderie de cette chambre, là-bas au fond. Et venez ensuite nous rejoindre au jardin. Tout le gratin sera bientôt là pour une petite soirée costumée qui promet énormément. À tout à l'heure, mon cher Émile. Vous êtes tellement… séduisant!

Cette fille éblouissante et intelligente comme un singe se volatilise littéralement devant moi tel un mirage effarouché par le vent. Le temps de me lever de mon fauteuil et hop, la voilà disparue.

Je reste là un long moment, debout comme un cadavre virtuel devant cette fenêtre immense par laquelle je vois cette forêt inextricable où se cache le château de Minette. Cet environnement composite est habité par la faune habituelle d'une jungle tropicale, singes, oiseaux, serpents, fauves, ce qui est déjà assez époustouflant en soi. Puis, mon regard est bientôt attiré par d'autres créatures qui semblent sorties de l'imagination d'un dessinateur illuminé. Ces bêtes sont aussi étranges que celles qui vivent dans les profondeurs abyssales des océans, par comparaison avec les espèces océaniques déjà connues. Des membres développés d'une façon anarchique, des têtes impossibles, des yeux protubérants, et d'autres trucs improbables qui forment une sorte de ménagerie extra-terrestre, avec brevet en instance, possiblement.

Pendant que je me dis qu'il faudra bien que je mène une enquête là-dessus, un de ces jours ou un autre, cette jungle fantaisiste disparait. Puis, des images encore plus stupéfiantes, en provenance d'une exoplanète en mutation, si j'ai bien compris, défilent maintenant sur cette fenêtre-écran. Ces images m'arrachent les yeux de la tête tellement elles sont incroyables. J'y vois un volcan gigantesque qui crache des flammes vertes et bleues tandis que des insectes géants batifolent en contrebas. Des animaux au gabarit de baleines qui volent dans les airs comme des libellules dans un ciel où flamboient trois soleils lointains, un vert, un bleu et un rouge. Soudain, le soleil rouge explose et ses restes se répandent dans le ciel. Ensuite, l'écran redevient subitement noir comme si la représentation était terminée. Il était temps. J'ai cru un instant que j'allais devenir complètement dingue devant ces images délirantes captées sur cette planète mutante. Enfin, un peu plus fou qu'hier, mais un tout petit peu moins que demain. Et vive la vie tant qu'on est vivant, ma gang de verrats.

Je me dirige ensuite vers la penderie d'Ali Grabat, comme Zixxya me l'a conseillé, afin de me préparer à cette petite soirée follement gratinée qui s'annonce. Il faut bien se résigner à bosser de temps à autre, si on veut continuer à respirer dans cette vie-là. La prochaine sera sans doute meilleure, mais n'y comptons pas exagérément avant que les carottes ne soient effectivement cuites. Ce qui ne saurait tarder selon certains augures de mon aréopage personnel.

♦♦♦

Chapitre 6 – Prélude au jardinet

Au sein de cet univers de l'exclusivité exclusive, exclusivement réservé à une élite parmi l'élite de l'élite, on peut imaginer que la soirée costumée au jardinet puisse sortir des sentiers battus et se transformer en une orgie d'érotisme supérieurement subtil dans la jungle privée. On peut imaginer aussi un tas d'autres choses. Des horreurs et des merveilles. De l'extrême et du délire. Du dément et du concombre avarié.

De médisances en calomnies, et selon des sources murmurantes de vérité, il semblerait que l'on n'attend pas grand monde au château de Minette, mais seulement du gros calibre. Quelques centaines de personnes tout au plus, la crème de la crème, rien de moins. Ainsi que votre humble serviteur déguisé en plat à gratin pour gratiner la fine fleur du nec plus ultra ou quelque chose comme ça. Comme ci, comme chat, cha-cha-cha. Rumba, baby, rumba. Il n'y a rien comme la vie de pute de luxe pour vous développer des capacités dignes de la prescience infuse.

Cette fameuse penderie au fond de la chambre semble aussi vaste qu'un entrepôt d'avionnerie. Zaïa, la préposée à l'extravagance vestimentaire, m'y accueille d'un sourire envoûtant. Elle est plutôt affriolante dans son costume composé de bandelettes de métal noir d'une souplesse reptilienne qui jouent sur son corps nu. Elle a aussi ce petit minois irrésistible de vedette de comédie romantique à deux sous, qui pourrait rapporter des milliards au guichet avec la meilleure équipe de coiffeurs-maquilleurs. Zaïa me montre quelques-uns des artifices les plus en vogue au cours de ces soirées au jardinet, tout en potinant sur ces invités qui possèdent déjà tout et un peu plus, mais qui en veulent toujours davantage.

— Vous verrez, ils sont tous presque fous, et l'autre moitié est droguée à l'os, me lance soudain Zaïa avec un petit ricanement de sorcière.

— Et le sexe, c'est dans quel style? m'enquis-je avec ma virginité des grands jours.

— Vous verrez bien, petit salopinard, me répond Zaïa avec son plus beau sourire de souris moqueuse.

— Donnez-moi au moins un indice, rétorqué-je.

Zaïa ne répond pas. Elle se contente de me regarder tandis qu'elle fait bouger ses lèvres comme si elle suçait une carotte ou une forme similaire. Puis elle mime quelques positions plutôt provocantes, agrémentées de mimiques qui dépeignent assez bien la volupté des plaisirs de la chair.

Zaïa termine sa prestation d'un long gémissement torride d'une douceur exquise. Elle ferme les yeux et simule un orgasme interminable de sa voix déchirante et de sa merveilleuse enveloppe de chair frémissante. Elle roucoule, elle geint et elle meurt de plaisir à la fois. Puis elle entrouvre les paupières pour constater l'effet de son petit numéro sur mon corps. Elle éclate finalement d'un rire cristallin qui me chatouille la carcasse de la tête aux pieds.

— Ah, ha! J'ai réussi, lance-t-elle joyeusement comme si elle venait de gagner le gros lot.

— Vous êtes formidable, est la seule chose que je réussis à lui répondre.

— Formidable, formidable, c'est tout ce que vous trouvez à dire, rétorque-t-elle d'une intonation alanguie.

Zaïa s'approche tout à coup très près de moi. Elle pose ses mains sur mon corps nu qui attend encore un costume capable de le propulser dans le bouquet du gratin.

— J'ai réussi à vous donner la chair de poule, dit Zaïa en palpant ma peau nue devenue grenue.

Zaïa continue de caresser mon corps et d'effleurer doucement ma peau ici et là, et même ailleurs. Je ne saurais dire si c'est son petit numéro en pâmoison qui me fait le plus d'effet ou si ce sont ses ongles et ses doigts qui me hérissent l'épiderme comme ça, mais c'est tout aussi agréable. Cette Zaïa exerce un pouvoir redoutable sur mon corps et elle semble plus que ravie de ses prouesses. Son don me fait tressaillir l'intérieur comme un cumulus violenté par la bise.

— Vous aimez tenter le diable? me demande Zaïa en continuant d'égratigner doucement mon torse nu de ses ongles fauves.

— Les plus belles femmes du monde m'occupent déjà amplement, répondis-je d'un air désinvolte.

— Il faut vous trouver un costume, maintenant. Un costume en adéquation parfaite avec votre degré d'évolution. Avez-vous une idée?

— Un costume de piranha peut-être? Qu'en pensez-vous, Zaïa?

— L'humour c'est bien, mais il faut un peu de sérieux maintenant. Cette orgie dans la jungle, pardon cette soirée au jardinet, peut tout changer pour vous. Le savez-vous, monsieur Milliard?

— Si vous le dites, je veux bien y croire. Mais uniquement parce que c'est vous.

— Continuez, vous m'inspirez, monsieur Milliard.

— Qu'est-ce que j'ai dit?

— Ce n'est pas ce que vous dites qui compte, c'est comment vous le dites. Parlez-moi encore.

— Je ne sais pas. Que voulez-vous que je vous dise?

— Allez-y, parlez sans retenue. Votre timbre de voix m'inspire. Quel est votre signe animal?

— Tortue ou cancrelat, quelle importance?

— Tout peut être important. Mais rien ne compte vraiment. Comprenez-vous?

— De moins en moins.

— C'est parfait comme ça. Ne changez surtout pas. Vous n'avez rien à comprendre et tout à ressentir. Ça devrait bien aller.

Zaïa semble avoir saisi quelque dimension inconnue de ma superbe personne que je n'ai encore jamais perçue moi-même. Un déclic s'est produit dans son regard pendant qu'elle écoutait mes réponses. Puis, elle est disparue dans son entrepôt de costumes pour me dénicher une seconde peau, enfin j'imagine.

Je profite de son absence pour examiner les alentours, sans aucune idée la plus vague, irais-je même jusqu'à ajouter, si on me le demandait, mais c'est peu probable. Il y a un peu de tout dans cette penderie gigantesque. Des trucs pour jouir de douleur et mourir en extase, des peaux et des cornes d'animaux, des mixtures diverses pour faire galoper le plaisir jusqu'au sous-sol du septième ciel, des armes, des écrans géants pour examiner en douze dimensions des organes en action, des parfums mortels, des fouets, des cravaches et une foule d'autres jouets pour adultes pervers et avertis. J'aurais presque le goût d'enfiler une de ces superbes peaux de tigre, juste pour tester mon appétit, mais je viens d'apercevoir quelque chose d'encore plus étonnant un peu plus loin.

Je vois maintenant des cadavres accidentés étendus sur des tables au fond de cet entrepôt-penderie. Des cadavres qui ont l'air terriblement réels.

Je m'approche du corps dénudé d'une jeune femme, allongé sur une table à dissection. Un modèle de luxe, avec direction assistée, je parle de la table bien sûr. Et sur cette table, une grande fille tellement nue avec des jambes interminables et des courbes qui me font déraper la matière grise en accéléré. Oh la, la. Quelle perte désastreuse pour ce monde en furie tellement avide de beauté. Elle est morte dans un accident, probablement. Une horreur incommensurable devant mes yeux révulsés, moi qui suis mort si souvent déjà, mais jamais à ce point-là. Comment peut-on amocher ainsi une si belle structure et des courbes si invitantes? Heureusement, son visage d'ange a été épargné de la boucherie. Mais plus je m'approche de cette beauté fracassée par la vie, plus je me rends compte que quelque chose cloche dans cette mise en scène. Le temps que j'y repense, ce qui peut parfois demander un certain temps, voici que la main ensanglantée de cette magnifique pouliche soi-disant décédée saisit fermement mes instruments de travail qui passent à sa portée par inadvertance.

— Le baiser de la mort, ça t'excite mon beau? me demande tout à coup ce cadavre exquis revenu mystérieusement à la vie.

— Pourquoi pas, fis-je d'une voix devenue menue en raison de cette attaque ciblée sur mon jardin discret.

Sa poigne plutôt solide me donne à penser que la mort ne l'a pas abîmée tant que ça finalement. Elle est très vigoureuse pour une moribonde alitée, si près de l'autopsie. Et son maquillage aussi vrai que réel, sinon davantage, me réveille quelques bestioles d'un électrochoc violent. Je dirais qu'elle me fait peur autant qu'elle m'excite, ce qui augure énormément.

— Alors, tu viens me tuer pour de bon? demande la macchabée tout en me rétrécissant encore davantage les neurones sexuels de sa main gauche.

— Vous êtes morte ou quoi? répondis-je avant de monter sur cette table, et sur son corps nu par la même occasion, puisqu'elle semble y tenir si fort à en juger par sa poigne.

— C'est seulement un déguisement, ajoute cette superbe dépouille de plus en plus vivante et avide de baiser.

Sous cet accoutrement extrême, il y a effectivement une femme explosive et prête à tout pour se propulser l'esprit dans un autre monde. Dans le coin gauche, il y a moi, ce bon petit concombre toujours disposé à faire le bonheur d'une nouvelle conquête, même au seuil de la dissection ou d'autres paradis encore inconnus. Et nous voilà bientôt engagés dans un match de dégustation avancée de nos frayeurs les plus affriolantes. Je ne sais si vous avez déjà tenté la chose sur une table d'autopsie, mais ça exige une certaine habileté, notamment dans la cambrure des muscles fessiers. Quoique ce métal froid procure certaines sensations vivifiantes qui ne sont pas à dédaigner non plus. À mesure que nous découvrons de nouveaux trucs à savourer sur nos corps hors du commun, le maquillage de ma partenaire se décompose et révèle une chair d'une plastique irréprochable. Des seins menus aux mamelons dressés pour tuer, un nombril coquin et des lèvres légèrement entrouvertes et bientôt voraces qui me gobent le sexe comme une ventouse. Je sens mon squelette qui frémit sous ma peau humide, et le corps et les mains de ma dulcinée du moment qui me fouettent, m'agrippent, me triturent et me caressent de toutes les façons possibles. Nos ébats prennent rapidement un rythme de croisière tumultueux. Nous grimpons en accéléré vers une débauche de sensations vives et délicieuses, malgré les traces résiduelles de maquillage et de faux sang qui transforment notre extase en scène d'abattoir simulée.

— Hé là, vous faites des heures supplémentaires ou quoi? lance la voix aiguë de Zaïa tandis qu'elle vient vers nous avec des costumes empilés sur un chariot.

L'arrivée de Zaïa jette un froid passager sur nos jeux frivoles. Mais nous constatons rapidement qu'une seule idée miroite dans ses prunelles noires : son désir de se joindre à nos plaisirs. Et nous voilà bientôt tous les trois juchés sur cette table d'autopsie en acier inoxydable et vivement disposés à débusquer les meilleures positions du répertoire. Je serais prêt à parier que le génie des tables à dissection, qui n'avait sans doute rien de mieux à faire à titre de surnuméraire occasionnel sur appel en cas d'orgie, s'est penché sur notre cas pour desserrer le frein de cette plaque à cadavre et lui offrir une petite poussée vers l'abîme. Notre sauterie à trois vire tout à coup en spectacle de cirque ambulant. Zaïa se faufile astucieusement entre nous tout en m'offrant ses boutons de roses à croquer. Je crique le croc et je croque le cric, pendant que je sens sa vulve chaude et humide qui se caresse longuement sur le bas-ventre... de mon très bas-ventre, dirais-je, à vue de nez en l'air.

La trépassée reprend illico du poil de la bête devant cette intrusion des plus frustrantes. Elle glisse un premier puis un deuxième doigt dans le petit cul tout excité de Zaïa comme pour se l'approprier avant de la dévorer, telle une tarentule affamée. Zaïa perd momentanément le contrôle de ses instincts guerriers et elle se laisse violer et posséder par les doigts fouisseurs de la déjà morte. Elle s'agite un moment sur cet index et ce majeur qui l'empalent, puis elle redouble bientôt d'ardeur pour reprendre le contrôle de la situation comme une fidèle guerrière du sexe rémunéré.

Cette table d'autopsie de carnaval continue de rouler au hasard, mue par notre énergie combative qui éclabousse dans toutes les directions.

— Dis donc, le beau mec, je ne le sens pas tellement ton cornichon, là, qu'est-ce que tu fous? me lance la macchabée revitalisée.

— Hé, hé, c'est parce que je viens de le gober, réplique Zaïa d'une intonation flutée.

— Pas de panique, répondis-je, il y en a pour tout le monde.

Notre table automobile emprunte maintenant une pente rapide qui mène à l'atelier de Migor Bigord, designer morbide et génial de réputation internationale en résidence au château de Minette. Ce cher Migor, surnommé l'assassin des passions dernières, traverse une période de création intense. Il chasse ses doutes au revolver en tirant sur ce qui nuit à l'éclosion de son génie, tout en espérant de nouvelles clartés de sa muse personnelle, Arriba Rabia, dans les meilleurs délais.

— Qu'est-ce que c'est que cette fornication à roulettes? tonne-t-il en voyant débarquer notre numéro mobile dans son atelier.

— Viens jouer pépé, lui crie la semi-cadavre partiellement démaquillée, arc-boutée sur nos corps enchevêtrés.

Migor Bigord n'apprécie pas du tout cette intrusion intempestive dans les pensées bouillonnantes qui agitent son univers personnel, secoué par les détonations de ses revolvers fumants. Il tire à nouveau dans les airs à plusieurs reprises, histoire de se défouler un peu, pendant que nous ralentissons le rythme devant cette bordée d'arguments insoutenables.

— Vous vous croyez érotiques, mes petits comiques? lance Migor après la cacophonie de ses canons.

Migor nous dévisage un long moment avec l'expression d'un gars qui pourrait péter une ou deux coches et se mettre à tirer dans toutes les directions comme un dément.

— Pas mal, mon look débile? interroge soudain Migor en accentuant son air de tueur fou aux yeux désorbités.

Puis, Migor éclate de rire, ravi de nous avoir flanqué aux trousses une frousse du diablotin.

— Si vous ne savez pas ce qu'est l'érotisme, je vais vous l'apprendre, moi, ajoute-t-il en nous pointant de nouveau ses armes à la figure.

— Et ton petit canon à toi, mon gars, il tire dans quelle direction, fait soudain Zaïa avant de se propulser sur le corps de Migor comme une ventouse affamée.

— Vous ne connaissez rien, mais vous apprenez vite, répond Migor, submergé par le corps de Zaïa qui l'enserre férocement.

Profitant de cette attaque-surprise de Zaïa sur le corps de Migor, l'ex-trépassée se jette de nouveau sur moi et mon fidèle serviteur, qui se remet à la besogne comme s'il n'avait que ça à faire jusqu'à demain. Nous voici maintenant tous les trois merveilleusement bien placés pour un petit cours d'initiation à l'érotisme de la part de Migor Bigord. Ce dernier se fait littéralement dévorer par Zaïa, et je suis moi-même sur la voie rapide de l'épanchement orgastique, lorsque Minette arrive en douce avec quelques amis pour une visite impromptue.

— Migor, Émile, Zaïa et Lizzia, que vous faites là? dit la patronne d'un ton de vierge outragée pour faire rigoler ses invités.

— Petit cours d'érotisme, madame Minette, hoquette Migor dévoré par les caresses convulsives de Zaïa.

— Et quelle est la différence entre l'érotisme et la pornographie, mon cher Migor?

— L'érotisme c'est quand je rêve que je baise avec vous et que je me réveille ensuite en extase avec vous dans votre jardinet sauvage, ma sublime Minette, lance Migor presque sérieux.

— Migor, Migor, Migor, vous êtes un joli démon comme je les aime au petit déjeuner.

— Et la pornographie, c'est le contraire, ajoute Migor d'une voix à peine audible.

Minette s'approche de Migor, qui agonise joyeusement sous les caresses ardentes de Zaïa, et elle lui aspire la langue de toute sa puissance buccale. Une interminable dégustation s'ensuit pendant que Zaïa poursuit son attaque dévorante sur les entrecôtes d'un Migor en proie à des convulsions simiesques.

— Gardez des forces pour ce soir, mes petites bestioles, dit Minette en abandonnant Migor aux soins de Zaïa, qui continue de savourer avidement le membre surdimensionné de son cobaye.

— Je suis morte ce soir, morte avec mes rêves, chantonne la trépassée qui continue de s'escrimer sur mon sexe.

Minette repart avec son cortège d'amis et d'invités déguisés comme des nudistes en vacances au zoo humain de la dernière chance, juste avant la fin du monde. Puis, nous nous mettons à nous pâmer en chœur pour terminer cet exercice en beauté. Nous jouissons de concert comme des bêtes sauvages temporairement délivrées d'elles-mêmes.

Zaïa se relève de sa chevauchée érotique et elle replace quelques bandelettes métalliques noires de son costume de python zébré. Campée dans une pose magistrale, elle caresse ensuite sa tignasse de tigresse de ses longues griffes effilées. Elle jette un coup d'œil ambigu en direction de Migor comme si elle se demandait ce qui lui a pris de se jeter ainsi sur ce type. L'attrait de la violence, de la folie, ou le son et l'odeur de ses revolvers? Un peu de tout cela sans doute, se dit Zaïa au milieu d'une foule d'autres pensées folles.

D'un baiser pudique sur la joue, comme un grand seigneur de rien du tout, je fais mes adieux à Lizzia, cette trépassée décidément très dynamique. Elle veut me retenir. Elle me propose de répéter notre numéro de baise mobile, durant la soirée, au jardinet de Minette, où tous les coups seront permis pour mériter des prix et des avantages mirobolants. Je lui réponds que je cherche un costume adapté à mon degré d'évolution et elle se met à rire comme une folle. Elle me pince les côtes, les cuisses et les fesses, tapote un peu mon galopin qui se redresse vivement entre les doigts de ses deux mains. Abracadabra.

— Tu as déjà le meilleur costume. Tu ne vas pas nous cacher ces belles petites choses que tu as là.

Ses mains fuselées recommencent à se balader sur mon corps nu, enluminé de traces de maquillage de macchabée. J'ai l'air d'un pithécanthrope un soir de carnaval. Le carnaval de la rillette sur le billot de Rio Pedrogao?

Viens, je vais te trouver quelque chose. Un costume qui va révéler ta beauté naturelle, ta beauté toute nue, susurre Lizzia à mon oreille en me caressant follement de ses longs doigts habiles.

J'aimerais répondre à ses caresses énergiques, mais je m'aperçois soudain qu'elle a noué un lien autour de mes poignets avec une habileté redoutable. Et elle dispose maintenant d'une cravache qu'elle utilise pour me tapoter les fesses et me forcer à avancer. Ce n'est pas tout à fait désagréable pour le moment, mais la suite me laisse présager des choses de plus en plus folles.

Et je ne raffole pas de son air tandis qu'elle redouble d'ardeur sur mes rondeurs avec sa cravache, et qu'elle me lance ensuite en ricanant : « Allez, allez, à la cage petite bestiole ».

♦♦♦

Chapitre 7 – Soirée au jardinet

La soirée au jardinet sauvage s'annonce radieusement merveilleuse. Les convives sont joyeux comme des chacals déchaînés, les conversations les plus délirantes s'esbroufent de rires fous, et le champagne coule à flots dans les gosiers et les fontaines.

— L'art pour l'art… ou l'art pour l'art de l'art… Est-ce que j'ai bien dit l'art de l'art ou l'art pour l'art? À mon humble avis, c'est le point de départ et la ligne d'arrivée. Entre les deux, il n'y a rien. Quoique, quoique…

— Hein, quoi? Couac, couac…

— L'avenir, c'est aussi aujourd'hui, dans cinq minutes ou ce soir, lorsque cette Lune immense se lèvera sur le lac. Mais l'avenir du futur c'est autre chose.

— Oui, bien sûr, j'abonde et je subodore. Suspecterai-je quoi que ce soit un jour? Je ne saurais dire.

— Moi, je pense que l'on devrait favoriser les voyages hors du corps astral. C'est tellement excitant…

— Vous êtes folle ma chère! Et je suis fou de vous. Ah, ha…

— Et si je vous embrassais? Et si je dévorais votre micro-pagne? Qu'en dites-vous, ma jolie Bigornette?

— Oui, nous partons en excursion virtuelle autour de Saturne samedi prochain. Avec Candice et Méroulia. Venez donc avec nous. Il reste des places.

— Santé et vie infinie vers l'immortalité, dit un jeune vieillard en portant sa coupe de champagne aux nues avec l'air de vouloir y monter lui aussi.

— Oui, oui. Je connais très bien. C'est une exoplanète rocheuse semblable à la Terre qui attend la fin du monde. Son soleil va exploser en supernovae.

— J'ai hâte de voir la lumière de la lune sur ton aura, et de goûter toutes tes lèvres sur les miennes, bichette.

Tout en déambulant dans le jardinet sauvage tel un joli roitelet huppé, j'écoute des bribes de ces conversations colorées qui meublent assez bien l'air du temps sans nuire à la digestion, ce qui est toujours appréciable. Je me dis qu'il est un peu dommage que cette merveilleuse Lizzia se soit éclipsée si rapidement dans un tourbillon de poussière noire, à cheval sur sa table à dissection. Par contre, il est tout à fait vraisemblable qu'elle réapparaisse un de ces jours avec de nouveaux tours pendables encore plus excitants, si j'en crois ses adieux prodigieux qui tourbillonnent encore dans mes pensées désorientées.

Je constate in extenso que la plupart des invités ont opté pour la tenue détente la plus appropriée à une jungle semi-urbaine modifiée génétiquement comme celle qui étreint le château de Minette, soit le micro-pagne réduit à sa plus simple expression. Bref, la peau nue demeure le meilleur passeport pour accéder aux délices de la nature humide et humaine qui s'esbaudit ici en cette soirée de pleine lune gigantesque. L'astre de la nuit devrait se lever bientôt sur le lac immense qui borde la zone adjacente à la jungle.

Les milliers de cris fous des habitants de cette jungle en délire continuent de s'éclater dans une joyeuse cacophonie. À la vitesse de l'escargot stressé, le bleu du ciel s'obscurcit et des ombres furtives se profilent ici et là, et ailleurs aussi probablement. Quelques coups de vent assez violents secouent le couvert forestier et brassent l'air autour des quelques centaines d'invités disséminés dans cette forêt folle à nulle autre semblable. Des nuées d'oiseaux affolés passent très haut dans le ciel, vers le nord, dans un concert dissonant, mais bref. La musique de la jungle se pare de ses atours nocturnes tissés de mystère pendant que de nouveaux cris de bêtes fauves distillent une atmosphère lourde et pénétrante. Des tams-tams lointains entament une improvisation stupéfiante. La nuit prend possession des lieux, commande un autre univers, abolit le temps et les inhibitions.

La plainte du grombeu léger retentit au-dessus de l'eau étale du lac. Son image en vol s'y reflète à l'infini dans chacune de ses gouttes. Le bruit de fond des conversations s'estompe dans l'attente fébrile du cri du marmizon tigré. La tonalité de sa plainte déterminera l'ordre des choses et la ronde des jeux, et bien d'autres événements à venir ou non. Le cri du marmizon tigré éclate soudain, saisit la foule des invités au plexus et la jette en transe légère. La petite soirée au jardinet peut maintenant commencer.

Tout à coup, les invités hallucinés croient voir Minette descendre des cieux dans son costume de super héroïne, la célèbre Agaga Ragaga, nymphe des nuages, qui lance quelques éclairs pour piquer la curiosité. Les convives sont persuadés que c'est la vraie Minette qui exécute ces acrobaties aériennes plutôt spectaculaires, et qui atterrit ensuite sur un nénufar géant en acier translucide qui flotte au bord du lac.

Les invités applaudissent la performance de Minette et scandent le traditionnel : un discours, un discours, que la maîtresse des lieux affectionne particulièrement. Ils ne se doutent pas un instant des subterfuges visuels et acrobatiques qui viennent de les berner. L'équipe de gestion d'image de Minette est passée maître dans l'art des effets visuels les plus déroutants. Mais, n'ayez crainte, car le troisième œil de votre libertin serviteur continue de travailler de concert avec ses oreilles pour tenter de mieux décoder cette réalité toujours plus étonnante et imprévisible.

— Chers amis, disciples dévoués et autres créatures… inclassables, je vous souhaite la bienvenue dans mon petit paradis terrestre que je partage avec grand plaisir en cette soirée grandiose.

Les applaudissements et les cris de joie fusent de toutes parts. Des détonations d'armes à feu retentissent et des explosions pyrotechniques illuminent le ciel, au-dessus du lac et de Minette qui poursuit son discours délirant.

— Un jour, nous serons toutes immortelles. Nous voyagerons sur le fil ténu de la pensée. Nous visiterons l'Univers et nous découvrirons tous les secrets de la création du monde.

Nouvelles rondes d'applaudissements, de détonations et d'explosions. Cris exaltés des invités. Une volée de marmizons tigrés passe à basse altitude en piaillant à qui mieux mieux.

— Un jour, nous recréerons la vie à notre image. Nous réorganiserons cet univers. Nous deviendrons les déesses que nous devions incarner depuis le début des temps. Nous serons, pour toujours et à jamais.

Les applaudissements, cris, explosions et détonations se conjuguent dans une musique tonitruante qui s'empare de la jungle et de l'esprit des invités.

Depuis un bon moment déjà, je me dis que je suis tombé dans un milieu assez particulier, mais là, je constate que les choses dérapent en cinquième vitesse. Et si je trouvais un ou deux vêtements dans la perspective de filer en douce avant que les choses ne se gâtent irrémédiablement? Avant que l'on ne procède à quelques sacrifices humains sur l'un des nombreux bûchers que j'ai repérés ici et là? Avant que l'on ne me propose de jouer le rôle d'une offrande qu'un psychopathe émérite découpera en rondelles pour apaiser les fureurs d'une divinité quelconque? Mes pensées disjonctées me rappellent ici l'une de mes fameuses recettes reptiliennes en tranches minces. Nous y reviendrons sûrement une autre fois, du moins, je l'espère vivement.

Avant longtemps, je sens que j'ai intérêt à sacrer mon camp bien gentiment. Mais avant. Mais avant tout. Avant tout et pour toujours. Voilà que la formulation même de mes pensées commence à ressembler à la rhétorique du discours de Minette à ses ouailles. Suis-je déjà possédé et serai-je bientôt dépossédé de moi-même? Le simple fait de respirer le même air que cette cohorte de fous furieux en liesse est-il suffisant pour faire capoter le peu d'intelligence qui me reste? Et si on avait répandu un virus de la prochaine génération dans l'air de ce château? Un virus capable de vous transformer en être humain ordinaire en moins de deux. Quelle déception quand même.

Après réflexion, si la chose demeure possible dans l'état actuel de mes neurones, je préfère sursoir à ces interrogations torturantes le temps de m'éclipser de mon groupe de fêtards le plus proche. J'emprunte rapidement un sentier, puis un autre, avec l'idée d'aller m'écraser quelque part, à l'écart de ces festivités imprévisibles, en attendant de trouver moyen de réintégrer le monde relativement normal.

Qu'est-ce que je faisais déjà avant de rencontrer cette Minette de malheur? Je regardais ce maudit tableau hypnotique dans cette galerie bizarre. Il faut que je revoie ce chef-d'œuvre au moins une dernière fois. Il est sans doute exposé quelque part dans ce château. Je m'y rue donc de ce pas de course incertain. Il faut absolument que cette modèle nue m'hypnotise encore une fois. Une dernière fois, peut-être, avant mon départ en direction des étoiles ou vers le dépanneur du coin de la rue des Mammifères repus, où j'aimerais bien retourner faire quelques achats dans cette vie-ci, autant que possible. Je ne suis pas si difficile et ouvert vingt-quatre heures à une foule de propositions. Et il y a peu de limites à ma candeur immodérée de gigot de rhinocéros à la confiture de rutabagas, bien que j'insiste rarement sur cet avantage.

D'autres comme moi, qui en ont sans doute déjà raz-le-cornichon des folies de Minette, se sauvent en douce dans les sentiers, vêtus comme aux premiers jours de la création. Une hypothèse qui en vaut bien une autre, mais laquelle exactement, c'est difficile à dire. Soudain, je m'aperçois qu'un trio de jolies filles très nues me suit dans ce sentier assombri, j'entends leurs rires provocants me titiller quelques idées. Je sens bientôt leurs mains douces me palper les fesses à mesure que je décélère, mystérieusement attiré par tant de beauté frémissante. Ces belles grandes filles se mettent tout à coup à danser toutes les trois autour de moi dans une ronde irrésistible qui m'emporte vers un ailleurs de premier choix. Et je tourne sur moi-même au milieu de ce trio enflammé jusqu'à ce que nous nous glissions tous les quatre dans une fontaine alimentée du meilleur champagne.

L'effet de ce nectar nous emmène presque au ciel, et celui de mes compagnes est encore plus merveilleux, si cela se peut. Et il semble bien que cela se puisse. Nous dansons, nous rions, nous jouons et nous nous saoulons la gueule, le corps et l'alouette. Nous nous caressons joyeusement, nous nous enivrons aux plaisirs de la chair et de la vigne, et nous grimpons au firmament deux par deux, trois par trois, quatre par quatre, tandis que d'autres fêtardes allé-chées viennent boire la coupe avec nous en route vers l'éternité. Et ça baise de toutes les façons possibles. Je me vautre dans un écrin garni de peaux enflammées, humides et parfumées. Des océans de pulsions déchaînées nous chavirent les sens échauffés jusqu'à l'extase. Nous formons une cellule orgasmique en révolution permanente. Des seins, des fesses, des sexes et un tas d'autres machins s'effleurent, se frôlent, s'allument, s'excitent, s'agitent, se caressent, se cajolent et se titillent. Et je grappille dans le tas pendant que l'on me malaxe, me tripote, me triture et m'embrasse jusqu'à plus soif, tandis que le champagne continue de couler dans nos gosiers et sur nos corps nus. Nous sommes sûrement sous le joug d'une force mystérieuse ou tout simplement drogués par l'air du temps et ses avantages dionysiaques. Burp! Pardon.

Un peu plus tard, lorsque tout le monde a fini de baiser tout le monde, une atmosphère fantastique, ou fantasmagorique, selon le forfait choisi par le participant, nous enveloppe. Une pleine lune gigantesque se montre le bout du croissant à l'horizon. Son ascension jette lentement un éclairage neuf sur cette fontaine de tous les excès où nous avons laissé une partie de notre esprit dans ces bulles de champagne et nos folies bestiales.

— Encore, encore, crie une grande blonde superbe, qui part ensuite à courir dans la jungle en riant follement.

— Encore, encore, crie une autre louve-garou qui fait de même.

Un grand nombre de participantes et participants de cette bacchanale répètent ce mantra et se dispersent dans la jungle en courant, tandis que d'autres invitées assoiffées déferlent dans tous les sens à la recherche de chair fraîche à dévorer.

Toutes ces folies libertines sont plutôt divertissantes, mais j'atteins tout à coup une sorte de saturation, et l'image de ce tableau maudit revient me hanter l'esprit. Je m'éclipse donc comme un astre facétieux et j'emprunte bientôt un sentier, puis un autre encore. Je cours maintenant vers ce château où roucoulent sûrement de nouvelles voluptés dans les méandres de mes souvenirs à venir. J'ai besoin de revoir ce tableau et ces yeux qui me projettent ailleurs, sur l'écran de mes vies futures ou dans les désirs les plus fous d'une créature de rêve. Ces yeux qui me font perdre la tête et tout ce qui vient avec. N'insistons pas trop là-dessus quand même. Déjà que ces yeux me poursuivent, m'obsèdent, m'assassinent et me troueront probablement la peau des dents et des os un de ces quatre matins. À qui appartiennent donc ces yeux qui me vrillent les idées comme une spirale acérée?

Quelque chose me suit et me poursuit. Maintenant, j'en suis sûr. Quelque chose qui m'éclaire comme un soleil de minuit. Je vois mon ombre qui court devant moi, qui se projette sur le mur du château de Minette où j'ai rendez-vous avec ce tableau hypnotique.

Je me retourne et j'aperçois cette lune gigantesque qui s'élève lentement dans le ciel. Ce spectacle fascinant préfigure sans doute de nouvelles folies encore plus étranges. Je ne peux m'empêcher de la regarder comme si je ne l'avais encore jamais vue avant aujourd'hui. Cette lune énorme glisse silencieusement sur le ciel et sa lumière blafarde inonde le jardinet, la jungle et le château pour les métamorphoser en une œuvre d'art totale issue d'un autre univers. Un certain nombre de statues blanches de nymphes et de sylphides plus grandes que nature prennent vie autour de moi sur cette terrasse immense qui jouxte le château.

Elles se donnent la main et s'en vont courir au loin, aussi légères que des feux follets taquinés par le vent.

Est-ce bien une soucoupe volante en forme de galerie marchande gigantesque qui descend du ciel dans un nuage de ballons rouges et de confettis surdimensionnés en forme de pétales de roses? Pas de panique, mesdames, mesdemoiselles, et messieurs, s'il en reste quelques-uns. Une telle chose serait sûrement possible ici, mais il semble bien que ce ne soit pas le cas. Pour le moment, il n'y a que cette lune immense et sa luminosité qui rivalise presque avec celle du soleil, dont on note l'absence totale en raison de la nuit. Cette nuit de canicule de l'été 2033 où tous les coups sont permis au dire de Zaïa.

J'entre dans le château de Minette par le versant du jardinet sauvage. Les lieux sont déserts et silencieux. L'éclairage lunaire offre des perspectives nouvelles et des jeux d'ombres particulièrement inspirants. Je jurerais sur le néant que j'entends maintenant quelques notes de piano résonner dans cette cage irréelle, mais ce n'est probablement qu'une illusion de plus. Mes souvenirs des derniers jours au château sont plutôt vagues. Je suis pourtant de plus en plus persuadé, sinon convaincu, d'avoir revu ce fameux tableau au cours de nos festivités folles, hier, avant-hier ou même avant. Le temps s'est considérablement ramolli depuis que je suis arrivé ici. Mon reste de cerveau aussi, je crois bien. Comme si cela était encore possible. Et mon propre jardinet sauvage n'est plus tout à fait à l'apogée de son triomphe sur la gravité terrestre. « La reprise se laisse désirer et vos liquidités s'amenuisent » comme dirait ma conseillère financière préférée, une vamp aussi insaisissable que l'amour de l'art et l'art de l'amour réunis.

Je marche au hasard, dans le dédale de cet édifice grandiose et décadent, l'esprit aiguillonné par des souvenirs brûlants de nos folies orgiaques. L'idée étrange de me vêtir un brin la peau frétille comme une carpe durant le frai et s'échappe au gré du courant de mes pensées pour se jeter bientôt dans un fleuve de divagations toujours plus tordues. Chique la boum, boum, boum. Qui suis-je? Que fais-je? Où vis-je? Où vais-je? Pourquoi? Comment?

J'entends maintenant l'immense piano à queue résonner sur des rythmes aussi sombres que les nuits de ma courte vie à couteaux tirés avec le jour. Et qu'est-ce que c'est que ça, cette bête incroyable qui me ressemble étrangement et qui joue précisément sur ce superbe piano dans la grande salle du château où je viens d'arriver?

C'est moi. C'est tout à fait moi, version pianiste possédé, qui assassine quelques notes sur cet immense piano placé au centre de cette salle grandiose métamorphosée par cette clarté lunaire.

— Émile, mon petit Émile, c'est bien toi? Approche un peu que je te vois, fait ce pianiste étrange d'une intonation tout à fait relaxe.

Le son de la voix de mon sosie presque parfait se répercute sur les murs de pierre de cette salle puis se perd vers le ciel. Cet autre moi, version pianiste de jazz, continue de taper ici et là sur les touches avec une habileté redoutable de vieux bluesman habité par tous les rythmes du diable, et je ne peux résister au magnétisme de cette vision. Je m'avance résolument dans cette salle infinie éclairée par cette lune gigantesque. Ça fait déjà un petit moment que je ne m'étais pas rencontré comme ça, au hasard de mes explorations astrales de première catégorie. Je me dis que c'est probablement une autre de ces séances d'évaluation du rendement nouveau genre que le cobaye s'inflige lui-même. Le summum de la décadence pour un artiste de la bagatelle, hop la vie, comme moi. Je dois dire toutefois que le choix du moment est parfait. Cet éclairage et cette salle pharaonique me dilatent l'âme, et cette musique achève de me tuer, dans le bon sens du poil bien sûr, comme on dit rarement. Et je suis maintenant là, enfin ici même devrais-je dire, devant le soi-même d'un de mes alter ego. Celui que j'aurais pu devenir si j'étais né pianiste de jazz sur les trottoirs de New York, de Saint-Casimir de Maskinongé ou d'ailleurs, ou si j'avais poursuivi mes études musicales au lieu de végéter comme un cornichon de luxe.

— Émile, Émile, Émile, tu fais dur mon gars, agagou, ra-ra, fait ce pianiste qui me ressemble tellement.

Mon alter ego de pianiste semble particulièrement doué. Il se lance dans des improvisations démentes de free jazz, macérées dans le blues le plus noir jamais entendu. Puis, il joue à jouer comme s'il se regardait lui-même en train de marteler son clavier d'une touche aussi imprévisible que l'éclair et susceptible de réveiller quelques fantômes noirs en smokings sombres. De temps à autre, il s'arrête, il me regarde dans les yeux et me lance une phrase assassine du genre : « T'es-tu vu tout nu, mon gars, t'es-tu vu mon gars? » Puis ses doigts agiles se remettent à virevolter sur les touches comme si ses propres mains ne lui appartenaient plus.

Soudain, il me fait une place à côté de lui sur son banc de piano. Il m'invite du regard à venir jouer avec lui, enfin avec moi, si j'avais fait quelque chose de ma vie au lieu de consacrer mon existence à satisfaire à la beauté de ce monde. Je le, ou je me, rejoins, je ne saurais dire mieux, comme si les dieux du jazz venaient de me convier à un banquet pour l'oreille. Mystérieusement, voilà que je joue presque aussi bien que lui, ou moi, ou peu importe finalement, car lorsque je me mets à jouer, cet autre moi-même disparait comme s'il n'avait jamais existé. Et je constate que je suis seul au piano et que je joue aussi bien que moi, ou lui, qui n'est plus là.

Je ne sais pas si le service du renseignement à capté cette scène, mais j'aimerais bien la revoir un jour pour essayer d'y comprendre quelque chose.

Et je me rends compte que je joue maintenant du piano comme si j'avais fait ça toute ma vie. Mes mains courent sur le clavier sans effort et m'entraînent dans des improvisations qui me glacent le sang en raison de ces avalanches de notes que mes doigts libèrent chaque seconde. Je suis submergé par la quantité de notes que je produis, et celles-ci s'accordent malicieusement pour créer une musique qui me chavire les sens. Je me laisse emporter par mon nouveau talent. Je me laisse posséder par cette musique que mes doigts, mes mains et mes bras, et le reste de mon cervelet incendié, inventent à mesure sous la dictée de quelque chose qui me dépasse totalement. Eh bien oui, ça m'arrive encore d'être dépassé par les événements. Le croiriez-vous? On en reparlera sûrement un jour ou l'autre.

— Émile, Émile, Émile, tu as du talent, mon gars. Du talent qui mijote dans ta petite cervelle de mammifère excentrique. Mais il te manque encore quelque chose, lance ce pianiste qui me ressemble trop.

Mon alter ego est maintenant assis sur un trône d'or serti de diamants assortis à ses dents. Un très joli trône d'or, judicieusement surélevé sur un petit balcon niché dans le mur d'apparat de cette salle étourdissante. La luminosité lunaire met en valeur le décor fastueux qui m'entoure et que je n'avais pas encore vu sous ce jour, cette nuit-là, ni avant, ni pendant, ni après j'en suis presque convaincu. Peu importe ce que ça peut bien vouloir dire ou non, ici et maintenant, demain ou ailleurs.

— Et que me manque-t-il encore, cher moi-même, me répondis-je d'un ton légèrement courroucé.

— À toi de le découvrir, tentacule de tarentule, réplique mon alter ego, sibyllin comme une méduse méditative.

Cette conversation avec cet autre moi-même me pèse rapidement sur le gros nerf, et je sens que je dois me libérer de ce cyclone de notes qui veulent virevolter malgré moi. J'effleure de nouveau quelques touches du piano et me voilà reparti en septième vitesse sur ce clavier où je renais comme un sphinx à tête de mort, crucifié entre les octaves par des triples croches redoutables. Et je tape joyeusement sur toutes ces touches qui s'enfoncent les unes après les autres en produisant une musique inouïe à ce jour. Je martèle ces touches ou j'y laisse courir mes doigts. Je les frappe, je les cogne, je les caresse, je les courtise, je les assassine, je les flatte, je les titille, je les tapote, je les chatouille, je les cajole, je les câline de blues, je les tripote, je les mange, je les dévore et encore et encore. J'entre en transes et j'en sors. Je sors de mon corps et je me propulse dans cette musique du diable qui envahit la salle, le château, le jardinet et la jungle, et bientôt le monde entier et ses banlieues j'en suis presque persuadé. Débranchez-moi quelqu'un.

— Tu fais des progrès, mon petit Émile. Es-tu prêt à accompagner notre invitée très spéciale? demande mon alter ego.

Une trappe s'ouvre dans le plancher près de mon piano. Et je vois bientôt apparaitre une diva sombre comme les ténèbres qui monte du sous-sol, hissée par un dispositif ingénieux. De nouveaux rayons lunaires mettent tout à coup en relief cette beauté divine vêtue d'une minirobe rouge, fendue jusqu'à la hanche, et très librement décolletée sur ses formes exquises.

— Émile, je te présente Jaïcha. Regarde-la bien dans les yeux et tu comprendras.

Cette Jaïcha jouit d'un corps de démone. Elle bouge déjà au rythme de cette musique folle que je ne peux m'empêcher de laisser couler au bout de mes doigts sur ce clavier irrésistible. Et ses yeux noirs me toisent un instant comme je n'en ai jamais vécu de semblable auparavant. Enfin, depuis au moins quelques heures. Ses yeux me fixent intensément et me rappellent ceux de ce modèle au regard hypnotique que j'aimerais tant revoir. Ce ne sont pas les mêmes yeux, mais ils brillent du même éclat capiteux. Ils brûlent d'une énergie sauvage qui me dévore les ruines du cervelet. S'il en reste encore un peu à ce stade-ci de ma transe transitoire.

— Émile, Émile, my sweet baby, comment vas-tu ce soir, mon chéri? me lance la superbe Jaïcha.

Je lui souris de toutes mes dents et je lui lance des baisers qu'elle joue à cueillir sur ses belles joues tout en continuant de bouger comme une lionne dévergondée. Cette Jaïcha est tout simplement délicieuse. Sa présence vient rehausser mon exécution pianistique à un niveau qui me laisse sans voix, mais libre d'explorer ces notes qui ricochent partout, qui gambadent comme des antilopes pourchassées par des fauves, et cætera, et cætera. Au secours!

Au cœur de mes notes d'enfer, Jaïcha glisse soudain sa voix caressante et cuivrée, son arme très privée de séduction totale. Cette voix coule en moi comme un volcan d'émotions déchaînées, pendant que je butine sur mon clavier pour la câliner de mes notes furieuses et luxuriantes. Nous formons un redoutable duo de choc absolument très chic. La voix de Jaïcha se déchaîne facilement lorsque mon clavier l'y invite ou qu'elle-même grimpe au firmament du free jazz blousé de soul dont elle connait les moindres modulations harmoniques et contrapuntiques. Et tout ça me brasse la cage et l'instinct, l'air de rien. Cette Jaïcha est un véritable brasier de plaisirs et de délices sonores. Elle s'abandonne totalement à son art, elle se laisse submerger par une énergie folle dont les sources semblent infinies.

Jaïcha chante, crie, pleure, adore, agonise, ressuscite, grimpe au ciel, descend en enfer, se joue de ma musique, l'attise, l'aguiche, l'excite, l'enflamme, l'électrise, l'embrase, et m'emporte avec elle dans sa beauté radieuse, sa folie légère, passagère, meurtrière, pendant que son corps de rêve me tue à petit feu, et encore un peu. Et nous n'en sommes qu'à notre première improvisation. Ça va faire mal tout à l'heure. « Mi-mile, mon petit Milliard, je sens que tu viens de frapper le très gros lot. » Je médite là-dessus pendant que je continue de m'amuser sur ce clavier. Tout ça devient d'une facilité déroutante. La moindre note produite par mes doigts surexcités déclenche une réaction survoltée chez Jaïcha, une cascade de sons qui s'harmonisent parfaitement à mon improvisation stupéfiante qui suit de près les inflexions de ses prouesses vocales.

Jaïcha pousse soudain sa voix à l'extrême limite de ses capacités pour extirper une dernière note sublime de ses cordes enflammées. L'immense lustre orné de pendeloques suspendu au centre du plafond s'illumine de tous ses feux et jette un éclairage céleste sur la suite de notre univers en folie.

Des invités de Minette entrent dans la grande salle, attirés par notre prestation démente. D'autres musiciens, et un trio de superbes choristes aussi sexy que Jaïcha, viennent se joindre à nous. Je n'avais jamais pensé devenir pianiste de jazz en claquant des doigts comme ça. Mais là, je commence à me rendre compte que je viens d'accepter une nouvelle tâche qui ne figure pas dans mes attributions. Mes attributs sont exceptionnels, j'en conviens, mais ce n'est pas une raison suffisante à mon avis. Au moment où je tente de me faufiler en douce avec l'idée d'aller admirer ce tableau hypnotique, le regard redoutable de Jaïcha accroche le mien et me voilà piégé.

Les yeux de Jaïcha n'ont peut-être pas les mêmes pouvoirs que ceux de la modèle de ce tableau tigré, mais quelque chose de puissant m'impose de me rasseoir au piano et de jouer. Ce don dont je viens d'hériter n'a sans doute rien d'un cadeau gracieux.

Je crois bien que nous avons joué toute la nuit, consommé tout ce qui s'est présenté et ri comme des fous jusqu'au lever du soleil et un peu plus. Toujours plus devrais-je dire. Toujours plus de tout pour les imbéciles heureux et toujours plus de rien pour les brillants malheureux. Et je ne sais toujours pas laquelle de ces catégories me convient le mieux. Mais je joue de la vie sur ce clavier dément comme je ne l'ai jamais fait auparavant et ça me suffit amplement. A han, a han... yahou, ou, ou... et cætera ra-ra.

◆◆◆

Chapitre 8 – L'art de survivre à la vie, à la mort, et encore

Nous descendons toujours au meilleur hôtel ou dans les châteaux de Minette aux quatre coins de la planète. Notre chef cuisinier et son équipe veillent à satisfaire nos moindres désirs culinaires. Nous consommons les meilleurs alcools et les drogues les plus débiles, et ma peau devient de plus en plus foncée, chaque soir, depuis que je joue du piano dans l'orchestre de Jaïcha.

C'est très étrange et un peu plus. Lorsque je me regarde dans un miroir, je vois ce bon vieil Émile Milliard dont j'essaie de tenir le rôle chaque jour depuis déjà un sacré bout de temps. Et lorsque je joue du piano, je deviens quelqu'un d'autre. J'arbore soudain une sorte de tête bizarre, décorée d'une petite moustache noire taillée au laser, dès que mes doigts caressent le clavier. La musique prend possession de moi chaque jour un peu plus. Un jour, Émile Milliard va disparaître. Émile Milliard est en sursis. Émile Milliard n'aura été qu'un autre vêtement terrestre, assez agréable somme toute, mais tellement éphémère. Enfin, comme tout le reste ici-bas.

Je sens mon corps se désagréger morceau par morceau, molécule par molécule, atome par atome, jusqu'à ce qu'il ne subsiste plus rien de moi, jusqu'à ce qu'un dernier tourbillon efface les traces ultimes de ma mémoire morte…

Je me réveille ensuite avec une crampe au muscle fessier, juste avant que ce cauchemar ne finisse de m'anéantir le squelette. Ce rêve abominable et hyperréaliste est quasiment plus réel que ce lit où j'ai échoué, il y a quelques heures ou quelques jours, je n'en sais trop rien. Je ne sais rien de moi lorsque je me réveille, mais pas souvent le matin. Je n'en sais pas davantage lorsque je m'endors ici, là ou ailleurs, mais c'est une autre histoire. À l'aube de mes petits matins, je fabrique mes meilleurs cauchemars au hasard de mes suggestions hypnotiques formulées au cours de mon sommeil paradoxal. Mais pourquoi diable de misère de masure à bœufs est-ce que je m'inflige encore des cauchemars au lieu de me concocter de belles histoires juteuses et torrides? Les cauchemars sont-ils vraiment plus passionnants que les belles histoires? Ou bien mes suggestions hypnotiques n'ont-elles plus le même effet ou même un effet inverse à celui que je recherche? C'est quand même amusant toutes ces conneries fabuleuses. J'aurais sans doute besoin d'un rééquilibrage de mes chakras, d'un séminaire de danse du ventre ou de quelques électrochocs métaphoriques. Une excursion virtuelle sur une autre planète? Un café et une bonne dose de venin de python? On verra bien ce qu'on verra, ma gang de verrats. Wo bec!

Commençons par le commencement, me suis-je dit, en sortant de ce lit immense et confortable comme un tombeau de roi. Est-ce que j'ai déjà été roi et est-ce que je suis déjà mort? Peut-être pas dans cette vie-ci, non, je ne crois pas, mais peut-être dans ces vies-là que je n'ai pas encore vécues, enfin, bref. Je finis par conclure qu'un petit café extrêmement corsé me fera sans doute un certain bien, tout en m'évitant de devenir complètement gaga, gogo, coucou, mais pas plus que d'habitude.

L'idée de passer quelques vêtements de grand luxe sur mon corps de rêve m'amène vers la penderie de ma nouvelle chambre où j'aperçois tout à coup un monstre nu maquillé comme un cadavre. Je dirais, sous toutes réserves, qu'il s'agit là de mon image qui se reflète dans ce grand miroir, ici même en personne, devant moi. Ou la, la. Est-ce que je me promène vraiment déguisé de la sorte depuis cette soirée folle? Je m'approche du miroir en me disant que j'ai probablement franchi une étape capitale, sans pouvoir préciser laquelle. Et si c'était mon vrai moi le plus authentique qui se révèle dans ce déguisement? Je médite un peu là-dessus, perdu dans les détails mon maquillage qui me transportent je ne sais trop où ni comment. Et avec qui mon kiki? Vaste question. Nous revoilà repartis pour douze chapitres au moins. Êtes-vous sûr que vous y tenez réellement? Pensez-y trop bien, trop tard ou autrement. C'est comme vous voulez. Au moment où je me dis que je devrais aller oublier tout ça dans une bonne douche de l'âme et du corps, quelques hurluberlus armés de caméras d'une autre époque débarquent dans ma chambre. Ils me filment sous tous les angles possibles durant un certain temps et disparaissent aussi mystérieusement qu'ils étaient apparus. Des voyageurs du temps égarés dans mon labyrinthe personnel peut-être.

Tout cela s'est passé si rapidement que je me demande si je n'ai pas rêvé. Je me dirige toutefois vers la douche de l'âme et du corps sans plus y penser. Ça suffit les rêves pour aujourd'hui est la seule idée qui surnage dans ma cervelle noyée dans ce fluide à base d'eau surnaturelle qui décape en profondeur. Bientôt, je serai comme neuf.

Après mes ablutions, je passe quelques vêtements de moyen luxe et je sors. Il y a sûrement une terrasse digne de ma présence dans le château de Minette. Cette chère Hermine du Grand Duc qui se languit sans doute de mon petit moi-même quelque part, en s'enfilant un ou deux léopards sous le string pour passer le temps.

Je ne reconnais rien des aires de cette partie du château où je présume que j'ai finalement atterri après notre spectacle d'hier. Peut-être que l'on m'y a transporté sur une table à dissection. Je longe des couloirs sombres qui mènent à des escaliers qui montent ou qui descendent, et je continue d'avancer avec la quasi-certitude de n'aller nulle part. C'est presque amusant au début, puis ça devient plutôt affolant. Il y a des portes ici et là, très librement identifiées d'un signe incompréhensible que l'on dirait dessiné avec de la lumière de diverses couleurs. Une sorte d'adresse animée qui se modifie au fil du temps. C'est plutôt agréable à l'œil, mais complètement inutile pour s'orienter.

Je continue de marcher sans même savoir si je progresse ou si je reviens sur mes pas lorsqu'une de ces portes s'ouvre devant moi. Je la franchis et je me retrouve dans une cour intérieure de ce château étonnant. Il y a là un parc-jardin resplendissant de fleurs et de plantes spectaculaires comme je n'en ai jamais vu. C'est une sorte de paradis ensoleillé, une illustration magistrale de la perfection de la nature dans sa gamme infinie de couleurs. Je ne peux résister à l'envie de parcourir les sentiers de ce parc qui font valser la vue et l'odorat. Peu importe dans quelle direction je tourne la tête, je ne vois que des milliards de taches de couleurs subtilement agencées jusqu'à l'ivresse.

Je me dis que je n'aurai plus besoin de prendre aucune drogue du reste de ma vie après avoir vu un tel jardin. Comme si la vue de ce lieu parfait inspiré du chaos de la nature pouvait supprimer mon besoin de dialoguer avec le tohu-bohu de mes cellules. Quelque chose comme ci, comme chat. Après ma deuxième visite ici, je pourrai sans doute commencer à prédire l'avenir, installé là-bas sur cette petite table à l'ombre des étoiles. Et la carte de membre de ce jardin incroyable donne probablement le droit de faire des miracles ou de voyager dans le temps. Mon imagination délirante se déchaîne une fois de plus, le pied dans le tapis. Ce parc est tout simplement dynamisant au possible pour mon esprit surchauffé d'impossible. Ra-ra-ra. Boum, boum, boum. Sa luxuriance de couleurs parfaitement agencées décuple mes impulsions neuronales. Je flotte presque au-dessus du sol, enfin, un peu plus qu'hier et un peu moins que demain sans doute.

— Qui pensez-vous devenir, Émile Milliard? demande soudain une voix de contralto venue de nulle part.

Je tombe par terre sonné par cette voix prenante qui semble à l'écoute de ma conscience.

— Qui, qui, qui? répète la voix comme un mantra.

Je me lève et je parcours les sentiers de ce parc trop magnifique pour être réel. C'est un véritable dédale de jardins débordants de plantes et de fleurs de toutes les formes et de toutes les couleurs où j'aimerais me perdre encore longtemps. Si ce n'était de cette voix qui vient de m'apostropher. J'en suis encore à me demander si je l'ai vraiment entendue ou bien si je déraille simplement un peu plus que d'habitude. Je continue de marcher tout en essayant de comprendre ce qui m'arrive et d'où provient cette voix. Je marche au hasard sans voir autre chose que des plantes, des arbustes, des étangs avec des nénufars, des fontaines et des oiseaux. Puis je m'assois et m'allonge bientôt sur un banc de pierre froid et rassurant dans son immobilité minérale. Minéral rime souvent avec immobilité, mais pas toujours. Et je me laisse submerger par la beauté grandiose de cet endroit délirant.

— Veux-tu bien me dire, Émile, qu'est-ce que tu fais là? marmonne en vain la voix de ma conscience égarée.

Je ne suis plus tout à fait présent. Je me transforme en plante verte, si ce n'était déjà fait depuis un certain temps. Je deviens un simple élément végétal de ce jardin. Une feuille de coca peut-être. Je perds le fil. Je ne sais plus où j'en suis, ni même où je suis. Je m'endors dans une impression de chute interminable vers le néant, tandis qu'un début de rêve encore plus fou que cette nouvelle réalité commence déjà à virevolter quelque part. Comme si c'était vraiment nécessaire.

Soudain, je sens une présence s'approcher de moi. J'ouvre les yeux et j'aperçois un des musiciens que j'ai rencontré hier qui se promène avec un truc semblable à un instrument.

— Émile! Quelle joie de vous voir aujourd'hui. Vous aimez ce parc? demande Miguel en s'assoyant près de moi sur le banc, après y avoir déposé son instrument de musique étrange.

— Ce parc est un cadeau des dieux, répondis-je en me relevant.

— Ah, ha, ha! fait Miguel toujours prêt à rire et à s'exclamer.

Miguel ne peut s'empêcher de me tapoter amicalement les épaules et la tête sur un rythme fou, la musique l'habite en permanence et sa joie de vivre est contagieuse. On dirait un gamin qui découvre la vie à chaque instant.

Je succombe à ses facéties rythmiques et notre rencontre se transforme bientôt en séance de karaté ou de boxe au ralenti assez loufoque. Un fou rire éclate et nous emporte dans une autre dimension. Nous rions à nous en défoncer les cotes à coups de poings pendant un petit moment.

Nous réussissons finalement à rependre notre souffle après nos quintes de rires. Dans le regard de Miguel, des éclairs de joie crépitent encore. Il pousse quelques cris en continuant de taper un peu partout de ses mains puissantes de percussionniste fou.

— Tu joues comme un débile, me dit Miguel habité par un rythme échevelé.

— Je ne pourrais dire mieux, répondis-je.
Et tu causes comme qui, qui qui? rétorque Miguel, en s'immobilisant entre deux coups, comme si le temps était suspendu.

— Toi, tu joues comme un martien. Où as-tu appris?

— De quoi tu parles, marmonne Miguel.

Miguel prend son instrument de musique étrange qu'il a déposé sur le banc et il commence à jouer. Il manipule cette boule de matière noire aux formes fluctuantes avec des gestes d'illusionniste. Les sons qui sortent de l'instrument n'ont rien de comparable à aucune musique que je connais. On dirait des cris d'animaux divers agencés pour créer des hallucinations auditives, des sons qui ressemblent à des mots ou même à des phrases, puis à des bruits de toutes sortes. Et tout cela produit finalement une sorte de musique qui s'adresse probablement à des régions inexplorées du cerveau ou simplement vacantes. Et je me dis que je déconne en connaissance de cause, pour une fois, comme si on pouvait parler du vide qui nous habite tous, à jeun et de si bon matin, l'air de rien.

— Connais-tu le kikiki? demande Miguel en me remettant cette boule musicale entre les mains.

— Seulement le bikini.

— Non, le kikiki. Vas-y, me dit Miguel, en me montrant comment bouger mes mains sur cette chose immatérielle.

Ce kikiki produit une impression singulière. Comme une sorte d'absence de matière flottant dans l'espace, un vide vivant, un néant musical format réduit à emporter. J'essaie de répéter les mêmes gestes que Miguel sur cet objet qui hésite à exister, mais je n'arrive pas à en tirer un seul son.

Miguel me regarde d'un air effaré. Il me reprend cette chose noire des mains et la lance au loin dans le parc.

— Alors, tu es bien celui-là, celui que nous attendions depuis si longtemps, balance Miguel redevenu sérieux comme un singe.

Je ne sais comment réagir à une affirmation aussi énorme. Miguel m'observe d'un œil malicieux durant un certain temps. Puis, un sourire apparaît lentement sur sa petite gueule de vagabond sans semelles et se transforme bientôt en rire sonore.

— Tu as vu ta figure, tu es trop bizarre, dit Miguel entre deux rires fous. Non, mais tu as vu ta figure, continue de répéter Miguel.

Miguel se lève et se remet à bouger sur un nouveau rythme connu de lui seul. Il s'engage maintenant dans un sentier du parc et disparaît bientôt de ma vue. J'entends brièvement sa voix qui continue de fredonner des rythmes impossibles, puis plus rien.

Je me demande si je n'aurais pas été plus inspiré de rester au lit jusqu'à midi, midi et quart au lieu de jouer au poker avec mes dragons de si bon matin. Je sens que mes neurones produisent déjà des étincelles de calibre impressionnant et je n'ose imaginer ce qu'il en sera à l'aube du prochain crépuscule ou même après. Je me lève et je marche un peu aux alentours pour voir si je ne suis pas déjà rendu ailleurs et me voilà reparti pour une autre destination mystère. Je songe un instant à m'étendre sur le sol de cet endroit merveilleux, un peu trop peut-être, en attendant la suite des événements. Je pourrais même en profiter pour prendre racine et me fabriquer quelques petits rêves qui vireront probablement en cauchemar en moins de temps qu'il n'en faut pour crier goqijfqoijfqwoj ou quelque chose d'à peu près semblable, si possible.

Je continue de marcher dans ce parc trop mirifique pour être réel. Je me dis que je parcours sans doute cette forêt ténébreuse ou ce désert impossible que l'on doit traverser périodiquement pour mériter le droit de poursuivre notre petit périple sur cette planète. Cette pensée me semble à la fois terriblement précise et complètement inappropriée, car ce décor n'a rien d'une forêt ténébreuse, mais il est tout simplement trop parfait. C'est encore plus angoissant. Disons donc que je parcours cette fameuse forêt ténébreuse où l'on procède à une sorte de vérification de mon droit de passage pour la suite des choses, le cas échéant. Passeport, carte d'embarquement, billets et tutti quanti. Descendez ici et bonne chance ou montez ici et bonne chance aussi. Pourquoi ma vie est-elle toujours si compliquée? Pourquoi est-ce que je ne pourrais pas, par le plus grand des hasards ou grâce à un coup de chance unique, arriver maintenant à un petit café-terrasse des plus sympathiques pour y déguster le meilleur sexpresso au monde en ce matin incomparable! Je radote cette phrase à quelques reprises et je suis assez fier de la voix de ma conscience pour une fois. Enfin, une de ses nombreuses voix. Une petite dose de la drogue la plus douce ne nuirait pas non plus.

Parlant de drogue, la sublime Jaïcha se profile maintenant sur mon écran radar, je crois bien. Je pressens que sa route va recroiser la mienne sous peu. Et je soupçonne que ses jolies vocalises et autres merveilles risquent de me précipiter dans un nouvel épisode de folie qui me chatouille déjà l'intérieur. Qui est donc cette chanteuse virtuose qui se défonce avec un pianiste invraisemblable comme votre modeste serviteur? Je me suis faufilé dans l'aura de ce pianiste de jazz que j'ai toujours rêvé d'être comme on change de chemise. J'ai palpé les touches de ce clavier et je suis devenu ce pianiste qui fait vibrer cette fille sortie tout droit de Hollywood Boulevard ou des faubourgs de Chicago. Je n'y comprends plus rien et je ne veux rien comprendre non plus. De peur de ne plus être capable de jouer une seule note sur le prochain clavier qui me tombera sous les pattes.

J'arrive maintenant à la fin de ce parc au jardin fleuri et je débouche sur une plage de sable blanc, chaud et doux qui me caresse agréablement les orteils. Je constate que je n'ai même pas mis de chaussures ce matin. Je les ai peut-être perdues en cours de route. Je demeure un peu surpris lorsque je constate que je porte un maillot de bain et que je tiens une serviette de plage. Enfin, je me dis qu'il y a des choses pires que ça dans la vie, et je continue d'avancer. Devant moi, il n'y a que des buttes de sable ou presque. Un peu plus loin, je vois une série de longs monticules sablonneux qui dissimulent fort probablement un océan ou quelque chose du genre. Je sens déjà des effluves sauvages et maritimes me chatouiller les narines. Et j'entendrais avec plaisir le ressac des vagues si on me le demandait. On verra bien ce qu'on verra, ma gang de rats.

Et il y a aussi un bar-café-terrasse-casse-croûte improvisé dans un abri situé sur une des collines vers où je me dirige. Pendant que j'avance dans ce sable chaud, j'oublie encore un peu plus qui je devrais être et j'essaie de ne pas penser à celui je pourrais devenir dans cette nouvelle vie qui s'annonce. Je m'assois à la première table potable qui se présente. Les lieux sont déserts comme la plus grande partie de mon cervelet incendié. La proximité de la mer ne fait qu'accroitre mon vide intérieur, ce qui n'est pas désagréable du tout. J'ai toujours aimé les grands espaces. Ne suis-je pas moi-même un grand espace vide entre deux, enfin deux ou trois, trous noirs intersidéraux? Non, peut-être pas, je m'égare sous doute un tantinet une fois de plus. Entre deux quoi, en fait, je ne saurais dire et je me ferme un peu la trappe à images pour admirer ce paysage infini, ce camaïeu de turquoises, de bleus et de blancs, qui me saisit l'esprit et me laisse sans vie ou à peu près. Aïe, ayoye.

L'air marin de ce début de journée sur la plage de ce château étrange me circule entre les oreilles, me caresse de la tête aux pieds et efface une bonne partie de mon disque dur et autres mémoires molles. Je glisse dans une sorte de rêve qui m'engourdit, qui me stupéfie comme cette série infinie de vagues que je regarde se fracasser interminablement sur ce rocher immense posé sur la plage comme un élément décoratif. Je me dis que je ne bougerai plus d'ici avant un sacré bout de temps. Je crois que je vais rester quelques jours, peut-être même quelques semaines. On verra bien. Il me semble que j'ai toujours vécu en ces lieux, perdu sur cette plage immense, dans ce prodigieux roulement liquide qui vient s'échouer à mes pieds. Le monde s'efface de ma mémoire et je glisse dans ce vide intersidéral qui va si bien à mon nouveau teint basané de pianiste génial en cavale. Plink. Plank, Plunk. Bing, bing; bong, bong; kong, kong.

Des flashes de la soirée miraculeuse d'hier surgissent et s'effacent, et je me lance à compter les vagues qui me séparent encore de toi, Jaïcha. Entre chacune de ces vagues, le silence décapant du grand large, une plage de sérénité minutée, bientôt hachurée par un autre déferlement de mousse blanche qui me lave l'âme et les orteils. Et ce soleil et cette chaleur qui me liquéfient les sens et m'abrutissent de bonheur. Je descends en apnée dans la fosse des Mariannes en compagnie d'un trio de sirènes aussi légères que les volutes bleues de mon cigare bourré de résine. Je m'allonge dans les vallées parfumées de ton corps parcouru de musiques sombres comme l'encre de ma dérive vers ton cœur ailleurs. J'explore de ma bouche les sources de ta voix. Je sculpte tes chairs les plus intimes de mes lèvres parfumées. Je pénètre ta bulle de mon âme à géométrie variable. Je m'attarde à l'entrée de ton sexe affamé d'infini, je musarde dans la caverne de tes désirs et je plonge dans l'apesanteur de ton corps délivré de lui-même.

Nous nous agrippons. Nous nous agitons. Nous nous abîmons. Je me précipice. Je m'engouffre. Je m'enlise. Je filoute. Je glisse dans la cible volcanique de ton corps électrique, hypnotique, magnétique. Nous nous livrons un combat singulier par personnes juxtaposées. Je brasse ta cage de bête fauve enflammée aux effluves insoupçonnés. Tu vocifères des anathèmes de la plus haute qualité de ta beauté inaltérée. Nous dérapons sur les cimes de la volupté. Nous pénétrons la décadence d'une transe alanguie de baisers. Nous nous adorons en abscisses entre nos rages et nos égos déchaînés.

Il n'y a rien comme une bonne baise bien juteuse pour émerger du néant, l'air de rien, comme un crocodile rassasié, et cætera. Et que dire d'un simple fantasme de bonne baise? C'est quand même mieux qu'un, que, quoi donc déjà? Une entrée de côtelettes de python marinées? Et comme boisson?

— Émile, my baby? C'est bien toi? Youhou, mon chou! Ou, ou. Ra, ra.

Je me retourne et je vois cette Jaïcha, aussi éblouissante qu'un lever de pleine lune sur la mer des Caraïbes un soir de canicule, qui arrive près de moi sur cette plage hallucinante. Elle m'enlace et m'embrasse un peu partout comme si elle dégustait quelque chose d'irrésistiblement délicieux. Je sens sa peau nue comme une autre nuit folle explorer les facettes de ma géographie illuminée. Je crois bien que je lui plais un tout petit peu. Elle ne semble pas détester mon corps, c'est le moins qu'on puisse dire. Cette Jaïcha en feu glisse ses mains si douces sur les parcelles les plus jouissives de mon anatomie pendant que je me faufile entre ses seins, ses cuisses et ses fesses douces comme une caresse. Elle me malaxe le gland de sa paume humide avant de glisser quelques doigts entre mes rondeurs fessières et même un peu plus loin. Jaïcha, emportée par un élan de passion, se lance tout à coup dans une série de vocalises qui me tuent sur place, car ses mains participent activement au rythme de ses envolées furibondes. C'est la première fois que je me fais déguster par une chanteuse de blues qui pratique son art en me massant les organes luxuriants avec frénésie. Je reconnais presque le début d'un air immortel, lorsque Jaïcha se met à chanter, tout en accentuant ses caresses à deux mains sur mon sexe dressé, mais, curieusement, je ne reconnais pas sa voix.

Pendant que j'examine ses traits, que je ne suis plus très sûr de reconnaître, j'aperçois simultanément la vraie Jaïcha qui arrive près de nous. Ma chanteuse sublime est presque vêtue de quelques lacets rouge feu qui esquissent vaguement la forme d'un mini-bikini. Et je viens de me rendre compte que je suis en train de me faire mordiller et griffer par Laïla, une des choristes de Jaïcha qui lui ressemble comme deux gouttes de je ne sais trop quoi.

La merveilleuse Jaïcha traîne sa moue des petits matins de lendemain de veille et son enveloppe de chanteuse de blues hyper moulée dans un corps de mannequin fatale. Elle passe près de Leïla et elle lui caresse un peu les fesses et les seins, puis elle gobe un de ses mamelons et le savoure goulûment.

— Dis donc, Laïla, je ne savais pas que tu jouais du pianiste, fait ensuite Jaïcha.

— Je joue aussi du guitariste parfois, balance Leïla en continuant de manipuler mon sexe comme le levier de vitesses de ma Sporsche sur un circuit professionnel.

— Ne l'abîme surtout pas, j'en ai encore besoin de mon petit Émile Milliard, rétorque Jaïcha qui grimpe ensuite sur le bar pour s'y étendre comme une panthère.

94

— Il est à moi cet Émile Milliard, répond Leïla avant de poursuivre son massage total de mes attributs qui n'en demandent peut-être pas tant de si bon matin.

Cette Leïla a des mains si agiles et si douces, et le reste de son corps est assez féérique aussi. Elle me sourit follement de toutes ses belles dents si blanches pendant qu'elle s'amuse comme une diablesse comique avec mes instruments de travail. Elle jubile tandis que ses mains pétrissent mon sexe comme s'il lui appartenait. Elle connaît tous les trucs pour me rendre à moitié fou, survolter chacun de mes spermatozoïdes et me ramener ensuite sur terre en griffant mon gland de ses ongles de bête fauve pour le réduire à sa taille minimale. Et elle continue de pousser quelques notes ici et là, qui décrivent assez bien l'évolution de son emprise sur l'extravagant corps de mon âme perdue. Des spasmes me secouent de la tête aux pieds et Leïla m'administre quelques bonnes petites claques assez bien rythmées sur le coin de la gueule pour faire durer le plaisir. Je me dis que la vie de pianiste de jazz est remplie de surprises. Mais pas beaucoup plus que la vie de pute de luxe en fin de compte.

Tandis que je meurs entre les ongles de Leïla, Jaïcha continue de jouer son rôle de panthère comme une vraie bête de scène qui parcourt son territoire privé sur le dessus du bar. Elle sort ses griffes, montre les dents et rugit, puis son regard perçant fouille le mien et sonde les tréfonds de mes animaux intérieurs. Je me dis que j'ai déjà vu un regard comme ça quelque part, pendant que Leïla achève de m'arracher mes dernières munitions. Je demeure étonné lorsque l'idée de retrouver ce tableau hypnotique revient me hanter, au moment où je m'épands de ma plus belle mort du jour, mais pas trop quand même.

— Émile, gardes-en un peu pour moi, crie Jaïcha en regardant mes dernières giclées inonder les mains et les lèvres de Leïla.

◆◆◆

Chapitre 9 – La peau-pause des morts-vivants

L'heure de pointe s'est pointée assez rapidement sur cette plage idéale. Un nombre croissant d'invités de Minette semblent avoir récupéré de leur soirée d'hier. Ils arrivent maintenant en groupes ou en couples de trois ou quatre, bras dessus, bras dessous pour tenter de garder leur équilibre, tout en accusant ce sable équivoque de nuire à leur stabilité.

Cette plage est prodigieuse, mais traitresse. Je m'en suis rendu compte tout à l'heure lorsqu'un des invités de Minette est disparu sous mes yeux, avalé par un trou soudainement formé dans le sable. Enfin, je ne parierais pas mon prochain milliard là-dessus, ce n'est peut-être qu'une autre hallucination ou un trucage de réalité virtuelle comme l'arrivée de Minette dans le ciel. Ou alors, il faudrait peut-être que je diminue un peu ma consommation. Surtout les champignons mauves cultivés en apesanteur et les tranches de python mariné, il n'y a rien de pire comme mélange.

Je suis assis au bar, en bord de mer, le regard perdu vers le large, là où les vagues essaient de caresser le firmament. Ciel et ressorts de sauterelles que la vie est parfois presque trop belle tout à coup. Des bouffées de joie féroce m'étreignent inopinément puis s'évanouissent. Je me sens en communion intime avec tout ce qu'il y a de vivant ici, le temps de dire ouf! J'observe cet océan si vaste coiffé de nuages aux reflets étranges par un peintre distrait. Si cette mer était une femme, je me demande bien quel serait son prénom. Lola ou Barbara? Le son de ses vagues sur le sable pourrait sans doute m'aiguiller sur la piste d'un indice lié à son identité secrète. Est-ce qu'un océan parle parfois à son animal intérieur? Ce n'est pas le choix qui lui manque en tout cas. Il semble bien qu'il en reste encore un peu de cette faune océanique malgré les multiples carnages pétroliers et autres désastres écologiques à répétition à la grandeur du globe.

« Une flutée de champagne pourrait surement m'aider à éclaircir cette nouvelle enquête », ai-je pensé en fermant les paupières pour mieux apprécier ce roulement infini d'écume qui me déchausse l'esprit de bottine depuis que je suis arrivé ici. Je me perds ensuite dans l'immensité de mon propre vide existentiel pendant un bon petit moment. Enfin, peut-être pas si propre que ça, mais l'expérience n'est pas tout à fait désagréable malgré tout. Ça délasse les neurones et ça nettoie quelques mémoires encombrées. Puis je m'aventure dans un rêve éveillé de science-fiction et d'horreur avec plein de belles filles nues qui se font chatouiller par des monstres caoutchouteux presque comiques. Aucun intérêt, comme on dit, mais ça passe le temps.

Alors voici. Alors voilà. C'est ça qui est ça. Chez chat qui est chat. Et cætera, et cætera. Ouvrir les paupières, et tourner la tête vers le barman pour demander une autre flûte de ce merveilleux champagne, s'avère déjà un exercice de haute voltige après tout ce que j'ai déjà consommé au cours des dernières heures. Je n'ai peut-être pas le pied marin, mais, côté soif, je me débrouille pas mal en cette journée vaporeuse. Enfin, je fais mon possible. Moi qui suis toujours d'une sobriété passablement relative, j'ai peine à me reconnaitre. J'espère que le service du renseignement n'est pas en train de filmer cette fin d'après-midi sur la plage de tous les excès.

Je sens soudain des griffes de mini-panthère me chatouiller le fond du cuir chevelu. C'est agréable et un peu terrifiant, car ces appendices digitaux semblent coupants comme des épées finement effilées. Mon imagination ne fait qu'un tour et mon mirifique corps de même, et voilà que je me retrouve devant une fille sortie tout droit d'un film de science-fiction de Nick DeFrick dont je ne parviens pas à me rappeler le titre. Comme si cela avait une importance quelconque.

— Toi, tu es juste trop mignon, qu'elle me dit en agitant ses griffes d'un rouge incandescent près de mon visage.

Puis, elle approche dangereusement ses lèvres cramoisies de ma bouche et nous plongeons dans un océan de délices assez houleux. Mon haleine parfumée au champagne trouve un écho charmant dans la sienne qui me révèle un univers puissant, quoique voluptueux. Je sens son corps parfumé se jouer du mien, se glisser furtivement sur ma peau brûlante, s'en éloigner un peu, dans une danse subtile, pour mieux revenir l'allécher l'instant d'après. Des éclairs zigzagants me parcourent la colonne vertébrale de l'échine jusqu'à la Chine. Soudain, elle éloigne un peu son visage du mien et dit :

— Tu te souviens de moi, mon chéri?

Je n'ai pas la moindre idée de qui elle peut être. J'essaie de l'imaginer sans son maquillage de beauté fatale de science-fiction et je n'y arrive pas. Où donc ai-je vu cette femme spectaculaire auparavant?

— Oui, oui… bien sûr, bredouillé-je en continuant de solliciter ma mémoire morte.

— Tu te souviens ce que je t'ai dit la dernière fois?

— Je m'en souviens trop bien, répondis-je en continuant d'essayer de raviver des souvenirs pour le moins embrouillés, sinon inexistants.

— Et alors?

— Je t'avais dit que tu es la femme la plus extraordinaire, magnifique et sublime que je n'ai jamais rencontrée à ce jour. Et je dis bien jamais.

— Mais non, gros bêta. Je te demande si tu te souviens ce que moi je t'ai dit la dernière fois qu'on s'est vus.

Cette fille bizarre, que je n'ai jamais rencontrée auparavant, donne l'impression de mijoter quelques idées enivrantes. Je rêve déjà de déraper dans ses très jolies courbes, qu'elle me fait miroiter si adroitement. Qui sait si ce n'est pas là la clé pour raviver le souvenir insaisissable de notre soi-disant rencontre. La mémoire épidermique est une autre de mes techniques secrètes.

— Tu m'avais dit, tu m'avais dit… attends une seconde que j'essaie de retrouver tes mots exacts… Viens tout près, je vais te les répéter.

Je n'ai pas la moindre idée de ce que je pourrais bien lui dire. Sur l'inspiration du moment, je me mets à lui souffler à l'oreille une série de mots doux, des chuchotements, des murmures, le genre de truc que l'on soupire au moment de l'orgasme. Elle fait semblant qu'elle ne comprend pas. Elle me demande de me rapprocher encore. Elle s'enroule comme une liane, palpe mes fesses, mon sexe, mon dos, mes cheveux. Elle frétille entre mes bras. Son jeu est extrêmement réaliste, peut-être un peu trop vers la fin, mais elle s'en tire très bien.

Elle me plante finalement quelques ongles dans les côtes et me montre toute sa jolie dentition en grognant comme une bête féroce. Puis, elle me saisit l'organe de travail d'une poigne relative-ment sérieuse avec ses paumes humides.

— Non, ce n'est pas ça, dit-elle en soupesant mon truc.

Elle lâche mon engin et se met à rire.

— La dernière fois que je t'ai vu, tu jouais du piano et je crois que j'ai eu un orgasme en écoutant ta musique, de soupirer la belle.

J'aurais presque le goût de lui répondre quelque chose comme : « Attends de m'entendre à la guitare, ça va juter autre-ment », mais je m'égare en pensée dans l'écho imaginaire de ma réplique muette. En fait, je me rends compte tout à coup que le piano n'est pas vraiment mon truc. Et que mon alter ego, que j'ai rencontré dans la grande salle du château de Minette, me connaît sans doute aussi peu que je me connais moi-même, ce qui ne me surprend pas tellement en fin de compte.

Mes yeux fixent cette fille étrange qui me regarde éberluée, tandis que je navigue dans mes pensées folles en cet après-midi de beuverie ordinaire au bar de cette plage irréelle. Mon regard se pose sur elle, mais je ne la vois même plus tellement elle est spectaculaire dans son maquillage et son déguisement vaguement inspiré de créatures extraterrestres. En fait, ce n'est pas tellement son allure que mon attention qui se volatilise en mille miettes. Qui a abusé abusera comme le disait si bien mon barman préféré avant de crever de soif.

— Descends des nuages et viens sur la plage, me dit cette fille en agrippant ma main.

Et nous voilà partis pour une balade, et peut-être même une joyeuse baignade, sous le soleil de cette journée de rêve. Cette plage est une pure merveille, à condition d'éviter ces trous étran-ges dans le sable. Heureusement que les formes de cette fille qui me précède dans les dunes n'ont rien pour me faire redescendre les pieds sur terre.

La proximité des vagues qui viennent mourir sur le sable donne tout à coup des ailes à ma compagne. La voilà qui se met à courir jusque dans l'eau turquoise pour y plonger bientôt. Elle réapparait plus loin et replonge. D'un plongeon à l'autre, les pièces de son costume s'éparpillent dans les vagues. Elle se retrouve maintenant presque aussi nue que cette plage immense. Après s'être ébrouée à satiété, ma beauté du jour revient dans ma direction en continuant de jouer dans cette eau tropicale. Je me dis que j'aimerais remonter le fil des derniers événements pour tenter de comprendre comment on peut trouver une plage semblable aux environs de Québec. Mais je constate rapidement que cela n'a pas tellement d'importance lorsqu'elle projette sur moi son corps dégoulinant et enjoué.

Nous roulons enlacés sur cette bande de sable humide libéré par la marée descendante. Nous cherchons des points de fusion, nous nous enveloppons de nos baisers furieux, salés, dévorants. J'aimerais analyser sa salive pour décrypter son code génétique, mais je crois bien qu'il y a des choses plus passionnantes au programme. L'image complètement loufoque des tentacules de la tarentule revient me hanter pendant que la frénésie de ma sylphide me porte à croire qu'elle s'approprie mon corps avec au moins douze bras et jambes. Elle n'a pas l'intention de me laisser filer tout de suite, cela semble assez clair. Quel est le nom de cette fameuse araignée déjà? Cette mignonne arachnide qui dévore son petit mâle au dessert après l'accouplement?

Pour le moment, cette femme frénétique me déguste l'outil comme si j'étais sa dernière bouée avant la traversée de l'océan en solitaire. Simultanément, elle m'offre très généreusement son mignon petit sexe tout rose à savourer. Je ne voudrais surtout pas la frustrer dans ses initiatives hautement appréciées et je la caresse jusque dans ses moindres gémissements, et peut-être même un peu plus. Toujours plus, devrais-je dire.

Submergés par des tsunamis d'énergies déchaînées, ou quelque chose comme ça, nous poursuivons notre dégustation mutuelle durant un bon petit moment, jusqu'à l'épuisement de nos dernières réserves vitales.

Je sens tout à coup une baisse d'énergie dans mon petit corps de bête temporairement rassasié. Soudainement, on dirait que cette plage bizarre s'allonge sous mon dos démoli comme un hamac invitant. Je jette un coup d'œil aux nuages étranges qui s'amoncellent là-haut. L'impression de disparaître dans un trou noir me saisit jusqu'aux tréfonds du rien du tout, moi-même en l'occurrence, si ma mémoire est toujours de ce monde.

En tout cas, moi je n'y suis plus tout à fait, ni ailleurs non plus sans doute, rien de très nouveau en fin de compte. Les événements imprévisibles de la vie, et même les rencontres inopinées d'un orgueilleux vicomte de l'érotisme comme moi, finissent un jour par se ressembler étrangement ou autrement. On refait infatigablement les mêmes conneries. On baise comme un singe en rut. Et on tombe à peu près mort un peu n'importe où, mais pas avec n'importe qui, autant que faire se peut. Vous me suivez? Moi, je fais mon possible en tout cas. Et même l'impossible, la plupart du temps. Mais peu importe ce qui m'emporte ailleurs ou là-bas. Même des tentacules de tarentule!

Pour l'instant, je pense sérieusement que je tombe vers le centre de la Terre. Holà, pas de panique! Je tombe dans le vide dans un tourbillon de pétales de roses et de… pelures de carottes dirait-on…, c'est quand même assez étrange, et peut-être même vers le noyau terrestre. C'est déjà mieux. Ça pourrait être pire. En tout cas, je perds conscience, ce qui constitue quand même un tour de force en ce qui me concerne, puisqu'il demeure toujours difficile de perdre quelque chose que l'on possède si peu. Mais les exploits ne me font pas peur. Amenez-en des défis. Grrr, grrr, grrr… Je glisse dans un univers inconnu, mais presque potable.

Puis, je me réveille assis à un petit bar en bord de plage. Je pense à une autre flûte de champagne pour étancher une soif subite. Je sens des griffes de mini-panthère me chatouiller le cuir chevelu. Et je me dis que je viens de mettre les pieds de mon esprit de sandales dans une boucle temporelle où je risque de tourner encore longtemps, sinon davantage.

Le temps de formuler une suggestion hypnotique pour me sortir de ce mauvais pas, et me voilà reparti pour la suite de cette chute vers je ne sais trop où. Est-ce que je dors, est-ce que je rêve que je dors ou est-ce que je suis vraiment mort? Il ne manque plus à mon palmarès perturbé que la vision de ce fameux tunnel terminal vers la lumière éternelle. Et si j'étais précisément en train d'y tomber pour de bon pour ne plus jamais en revenir. Est-ce déjà la fin? Je me tricote quelques nouvelles suggestions hypnotiques pour tenter de remettre les compteurs à zéro, lorsque je sens un contact presque familier sur ma peau.

En fait, je suis toujours étendu sur cette plage avec cette fille dont je ne connais même pas le nom, ni le prénom d'ailleurs. Cette fille incroyable qui s'enroule encore autour de moi de toute sa peau nue. Elle me masse de ses douze bras et jambes, de ses seins si doux et de ses fesses rebondies. Des ondes de choc zigzaguent dans mon système nerveux survolté tandis que je perds la notion de pas mal de choses. Je plonge au plus profond de l'abysse, de l'abîme, de l'abracadabra et de l'et cætera.

Puis, ma liane humaine me laisse un peu de répit et moi de même. Elle cesse de bouger et demeure presque inerte, étendue près de moi. Je me relève et m'assieds sur le sable humide. Le soleil s'approche dangereusement de l'horizon. Il se faufilera bientôt derrière ce décor impressionnant, au bout de cet océan turquoise. Je me lève et je marche sur cette plage infinie en laissant dériver mon regard au hasard de ma déambulation erratique. Le bar-café-terrasse-casse-croûte est maintenant presque désert. Les invités de Minette ont dû regagner leurs appartements afin de se préparer à une autre soirée folle. Je décide d'aller marcher tout près de l'océan en suivant la ligne où les vagues viennent mourir sur la plage. Il n'y a rien de particulier à voir dans cette direction, que cette plage magnifique dont l'extrémité va se perdre au-delà du visible. Ma langue sur mes lèvres reconnaît le goût particulier de cette fille étrange étendue sur la plage. Ma mémoire épidermique s'affaire sans doute à classer cette aventure parmi toutes les autres expériences similaires vécues récemment, pendant que je rêve de m'égarer toujours un plus loin dans ce monde, sur cette planète de passage, vers un autre univers? Wo les moteurs.

J'ai peut-être déjà fait le tour de tout ce que j'avais à voir ici. Mais pour aller où maintenant? Le goût de me reperdre revient me hanter. Je suis déjà perdu, dans tous les sens du terme. Et si je me perdais encore un peu plus dans ce décor de rêve? Et si je me perdais dans d'autres rêves que je n'ai encore jamais eu le privilège de caresser? Et si je continuais de marcher en ligne droite sans jamais plus dévier de ce tracé rectiligne, en traversant tous les obstacles surgis au fil de ma déroute, jusqu'à ce que j'arrive quelque part. Ou ailleurs. Ou nulle part?

Et qu'est-ce que c'est que cette foutue mission débile que je suis censé accomplir sans même savoir de quoi il s'agit? Jouer du piano comme un virtuose dans une vie parallèle tel un robot lobotomisé? Est-ce que je réussirai à revoir cette maudite toile hypnotique un de ces jours?

Le retour de cette obsession picturale me pousse à revenir vers le château. J'ai dû marcher assez longtemps sans m'en rendre compte, car le domaine de Minette me semble si loin. Des souvenirs du désert, probablement glanés dans des vies antérieures, viennent agiter ma mémoire tandis que je marche vers le café-bar.

Puis, mon regard se perd dans les dunes. Des scènes d'un film de science-fiction de Nick DeFrick se mélangent à ces réminiscences issues de quelques-unes de mes vies oubliées. Quel est le titre de ce foutu film déjà? Le retour du cornichon interstellaire? Les tentacules de l'au-delà? La dernière rumba à Péribonka? Je ne me souviens jamais des titres, mais je me rappelle de quelques scènes tournées dans un château semblable à celui de Minette, près d'un océan. Dans ce film dément, il y a des crabes géants qui creusent des galeries sous la plage et qui attaquent le château la nuit venue. Et ce castelet est situé précisément à un point stratégique d'intersection d'une multitude de lignes d'énergie qui ceinturent la planète. Ce qui fait que chacune de ses nombreuses entrées débouche sur une région différente du monde. Ce château est aussi une sorte de plaque tournante entre le rêve et la réalité, la vie et le néant et quelques mondes extraterrestres.

La vision de la modèle nue de ce tableau hypnotique me revient en tête lorsque j'arrive au bar de la plage. Et si j'étais vraiment hypnotisé, et peut-être même contrôlé à distance par ces yeux, depuis notre premier contact visuel dans cette galerie ahurissante. C'était quand déjà? Je constate de nouveau que j'ai sans doute perdu le fil de mal de choses depuis un bon petit moment. Et si tout ce que j'ai vécu récemment, depuis ce premier regard dans cette galerie aux fauves, n'était que fantaisie de mon imagination? Fantaisie contrôlée par ce tableau hypnotique? Depuis quand les choses inertes peuvent-elles contrôler les humains? Mais ce tableau n'est pas tout à fait inerte. Il suffit de l'avoir vu une fois pour comprendre. Comprendre quoi? Que je suis encore plus foutu que je ne pourrais le croire?

Perturbé par ces pensées folles qui me trouent les idées, je viens à peine de remarquer une superbe blonde assise seule sur cette terrasse. Je la vois seulement de dos pour le moment, mais son allure me parait déjà familière. À mesure que je m'approche de sa table, je sens que je bascule tout entier dans une autre dimension, dans un rêve inachevé qui revient me chatouiller l'esprit.

Tout à coup, je reconnais Aïssa Lamour, cette belle grande fille frivole comme une fée égarée surgie dans un de mes rêves. Je sens que ce château offre des possibilités que personne n'a encore jamais osé imaginer, sauf peut-être ce fameux cinéaste délirant, Nick DeFrick. Nous aurons peut-être l'occasion d'assister à des assauts de crabes géants, en fin de soirée. Pour le moment, je suis fasciné par cette Aïssa Lamour qui semble perdue dans ses pensées. Elle demeure immobile, les yeux fixés sur la dernière parcelle du croissant de soleil qui va bientôt disparaître derrière l'océan.

J'ai déjà vu bon nombre de couchers de soleil sur des plages de cette planète, mais là je dois dire que le monde entier semble sur le point de chavirer dans une autre dimension. Des nuages aux formes excentriques sont apparus un peu partout dans ce ciel doré par les derniers rayons du soleil. Et cet océan turquoise est devenu presque fluorescent. Je sens une légère ondulation agiter le plancher de cette terrasse. Je regarde autour et je jurerais que nous flottons littéralement sur cette mer tropicale. Je m'assois à une table et je vois soudain Aïssa qui se tourne vers moi avec un air superbement énigmatique.

Aïssa ne dit rien, elle ne bouge pas. Elle se contente d'être là et de se laisser admirer. Est-elle réelle ou est-ce encore mon imagination survoltée qui me joue des tours? Je continue de regarder cette Aïssa avec mille questions en tête et un air sans doute complètement ahuri, ce qui ne semble pas la déranger le moins du monde. Je me dis que je suis peut-être aussi l'incarnation du rêve d'autres personnes à certaines occasions sans même que j'en sois conscient.

Qu'est-ce qui reste à imaginer quand nos rêves les plus fous commencent à prendre vie dans la réalité? Enfin, cet environnement où j'évolue depuis un certain temps n'a sans doute pas grand-chose à voir avec la réalité même s'il y ressemble étrangement parfois.

— Monsieur Milliard, quelle belle surprise. Où étiez-vous passé? Je vous cherche depuis si longtemps.

Que peut-on répondre à un personnage sorti tout droit d'un de nos rêves? Les mots ont-ils encore un sens dans un cas semblable? Je m'approche d'Aïssa Lamour et je m'assois à sa table en me disant que je possède quand même un certain talent pour rêver les yeux ouverts, sinon une pratique consommée.

◆◆◆

Chapitre 10 – Plane gigolo, plane

Les rumeurs les plus folles circulent ici et là dans le domaine de Minette, ce fabuleux castel inspiré de diverses forteresses médiévales de par le monde connu, et de quelques délires architecturaux érigés sur des exoplanètes à découvrir. C'est du moins ce que j'entends parfois, lorsque je prête l'oreille aux invitées que je croise dans ce castelet délirant. À quelques-unes de ces invitées, je pourrais aussi prêter un certain nombre d'autres pièces de mon véhicule cosmétique s'il y a lieu. Nous y reviendrons sûrement un peu plus tard, au fil de cette orgie cosmique, mais pas trop quand même. Cette trop divine Hermine ou Herminette du Grand Duc se positionne à l'avant-garde de pas mal de choses, notamment l'exploration de l'univers par la pensée, et tout un bazar d'autres trucs incompréhensibles pour un tas de bonnes gens comme vous et moi.

On murmure ici et là qu'une délégation extra-terrestre est attendue. Des représentants d'une petite exoplanète de la constellation du Caméléon devraient arriver sous peu au château de Minette. Mais il y a plus encore, ma chère. Selon des sources dignes de foi, Nick DeFrick, le fameux cinéaste et humoriste de réputation mondiale, est actuellement en repérage dans les environs. Et il demeure toujours possible qu'il se pointe au domaine un de ces quatre matins de rien du tout, pour tâter le terrain ou autre chose. Le choix est assez vaste à ce chapitre, sans qu'il soit nécessaire d'épiloguer davantage. Un certain nombre de magnats des affaires et du divertissement sont également attendus, seuls ou avec d'autres sommités d'ici et d'ailleurs dans l'univers. Ah! l'univers, l'univers, l'univers et ses banlieues, bien sûr, rien de moins, je vous l'assure.

Si on me questionnait sur ce sujet crucial, je dirais que cette forteresse est vivante ou virtuelle, ou les deux à la fois, au choix. Il se passe ici des choses comme je n'en ai jamais vu nulle part ailleurs. Et j'ai déjà amplement donné dans l'ailleurs au cours de mes vastes existences. J'ai jasé assez souvent avec le néant, le nez en l'air, l'air de rien, rien à déclarer, au suivant. Les frontières de l'ailleurs n'ont plus beaucoup de secrets pour moi. Or donc, ce château est vivant et il se nourrit de l'imaginaire des gens qui y passent. Enfin, c'est ce que j'ai entendu dire au petit bar-café-casino de la forêt du jardinet enchanté, où je suis stationné depuis quelques heures à discuter de tout et de rien avec un peu n'importe qui. L'endroit est presque aussi accueillant que les mâchoires d'un crocodile. Non je blague, mais on se croirait dans un tripot de Manille ou de Djakarta revampé par Nick DeFrick. Il y a un peu de tout ici. Des invitées du jet-set international fringuées comme des mannequins, des princesses asiatiques en tenues affriolantes, de belles gueules d'imbéciles givrés dans mon genre, des types à faire peur, des vendeurs de toutes sortes de trucs, des animaux en mutation génétique, des morts-vivants beaucoup moins morts que vivants et des tas d'autres surprises. Je n'ai pas encore vu de remeuglard strié, mais cela ne saurait tarder. Ils arriveront un peu plus tard, si je n'ai rien compris, avec les hors-d'œuvre et la salade sans doute.

De temps à autre, une femme exceptionnelle vêtue comme une reine de quelque chose passe dans le décor accompagné d'esclaves nues qui la portent aux nues ou plus simplement sur un trône à roulettes. La souveraine salue ses sujets en passant d'un signe discret de la main et d'un sourire de statue de cire de circonstance. Tiens, tiens, voici maintenant une délégation de mini-dragons de Komodo ou de Kokomo qui gambadent joyeuse-ment en crachant ici et là. On me souffle à l'oreille qu'ils s'en vont probablement à la chasse. C'est quand même pratique de pouvoir faire cuire sa prise du jour sur-le-champ. Tandis que d'autres préférèrent manger cru. Tous les gugusses sont dans la nature et moi de même.

Et cette fameuse nature se porte assez bien merci dans les propriétés de Minette. Si on aime les surprises et les choses incompréhensibles ou les deux à la fois. Plus une bonne dose de folie qui brasse sérieusement la cage, juste assez sérieusement, je dois dire. En résumé, je ne serais pas tout à fait fâché de trouver bientôt une porte de sortie pour quitter cet endroit mirifique et prodigieux. Un peu trop prodigieux peut-être. Et si je m'éclipsais subtilement avec la panthère automobile de Minette, quelques bouteilles de champagne et un trio de jolies hôtesses qui revien-nent périodiquement s'enquérir de ma soif. Pour le pur plaisir de constater que le monde quasi normal existe encore à l'extérieur de ce paradis d'enfer. Je vais voir ce que je peux tirer de cette idée saugrenue auprès de mon vice-président aux projets spéciaux, Jack Léventreur. Non, je blague, c'est un très chic type, mais qui fait un peu peur à première vue. On dirait toujours qu'il va sortir un poignard de sous ses manchettes en dentelles ou une poignée de mini-grenades de sa redingote en cachemire du Bengale. C'est un excentrique, une sorte de fondé de pouvoir de Minette, et il est parfois chargé de me piloter dans ce capharnaüm où je suis censé jouer un rôle d'animateur des plaisirs illicites, si j'ai bien compris ma description de tâches. Un dynamiteur de l'improbable ou un explorateur de l'impossible? Pourquoi pas? Tout est toujours possible ici. Tout et rien aussi. Cette Minette est une vraie démone.

Chez chat qui est chat, et voilà que je me dis que je devrais sans doute aller marcher aux environs pour voir un peu le paysage et faire semblant de rien. C'est une sorte de sport ici. Faire semblant de rien, s'aérer le sapin et prendre du bon temps jusqu'à la fin du monde et au-delà, ou dans l'au-delà. Tout ceci n'est pas encore très clair, et j'imagine qu'il faudra que j'enquête là-dessus aussi dans mes temps libres, mais pas plus qu'il ne le faut quand même. Avis aux avisées. Et vogue la vague aux pieds du dromadaire stressé.

L'atmosphère est assez délirante au sein de cette foule bigarrée qui se presse dans ce secteur de l'immense propriété de Minette. Ça ressemble à une sorte de marché public très vaste qui réunit des gens et des produits de tous les pays du monde, je crois bien. Au pif, je dirais au moins une cinquantaine de pays. C'est assez malade. Je soupçonne qu'il y a déjà un peu de la folie rampante de Nick DeFrick qui suinte dans cet univers virtuel de rêve, ou rêve éveillé virtuel numérique à très haute densité, là précisément où je me promène maintenant comme un baladin gracieux en quête d'une nouvelle aventure rutilante. Qui suis-je? Où vais-je? Minette se prépare-t-elle à recréer la Tour de Babel autour de son château? Tout ce que je peux dire pour le moment, c'est que la bouffe est excellente et les odeurs suaves. Je m'arrête ici et là pour déguster des spécialités exotiques, insectes grillés, escalopes de serpent marinées, œufs de cobras, fruits confits, boissons locales qui vous arrachent les mots de la bouche et aromates qui vous vrillent les narines, poudres diverses censées guérir de tout, poisons légers qui vous transportent ailleurs, comme si c'était vraiment nécessaire. Tout l'ailleurs est déjà ici, devant et autour de moi, mais où commence et où finit l'illusion, j'aime autant ne pas trop y penser.

Au bout d'un moment ou de quelques heures, je ne saurais dire – le temps se détend drôlement dans cet environnement incroyable – une merveilleuse jeune femme, comme évaporée d'un nuage de fumée bleue, se glisse soudain dans ma bulle. Elle semble avoir le goût de me chatouiller les idées de ses longs doigts habiles ou agiles. Cette beauté rare arbore un mélange hautement relevé des plus belles caractéristiques des races noire, blanche et jaune, des yeux légèrement bridés et profonds comme l'infini, un sourire éblouissant et un corps ardent de panthère en manque de chair fraîche à dévorer. Pour un premier coup d'œil, vous avouerez que ce n'est quand même pas pire que mal ou pas pire du tout.

— Bonjour Monsieur Milliard, m'accorderiez-vous l'immense plaisir de vous guider ici-bas, dit la belle africano-euroasiatique.

— Ici-bas et ailleurs aussi si vous le désirez, répondis-je, ébloui par son aura australe.

— Je vois que vous appréciez nos spécialités locales, d'ajouter cette femme exceptionnelle.

— Cette nourriture est digne des dieux, dites donc, marmotté-je comme une marmotte sonnée par tant de beauté.

— Mon pseudo est Zanima Aixiz, me souffle la belle.

Zanima Aixiz s'approche de moi. Elle me prend par les épaules et effleure mes joues d'un baiser furtif. Elle me marmonne ensuite à l'oreille qu'elle me trouve très très excitant. Elle saisit mes lèvres avec ses dents, puis elle glisse sa langue autour de la mienne qui salive juste ce qu'il faut pour faire connaissance. Elle me regarde ensuite de ses yeux immenses, sans cligner une seule fois des paupières, pendant que je perds mes derniers repères.

— Je suis à votre service pour la visite et vous êtes à mon service pour le reste, ça vous va?

— Le mot reste n'est pas mon préféré, mais je crois qu'on peut s'entendre.

— Et quel est votre mot préféré, monsieur Milliard?

— Excellente question madame Aixiz. Je vais y réfléchir.

— Appelez-moi Zanima. Et venez avec moi. J'ai des choses à vous montrer.

Je la suis de très près avec un plaisir croissant. Elle est tout simplement radieuse dans sa tenue d'exploratrice virtuelle hyper sexy et son corps de fauve délié, en liberté surveillée. Une liberté surveillée surtout par votre très humble serviteur pour le moment, mais la concurrence veille dans cette place publique. Zanima fait un effet-choc sur presque tous les mâles qui se pointent dans son sillage, et sur une bonne partie des femelles aussi. J'ai très hâte de causer un peu avec son animal intérieur. Une espèce au sang bouillonnant fort probablement. Qui ne devrait pas se laisser implorer très longtemps avant de me dévorer tout cru. Un soupçon de fantasmes peut toujours être utile. Je pense qu'il y a sûrement moyen de trouver ici quelques racines ou préparations secrètes capables de redynamiser les forces de mes petits animaux personnels. Je sens que la température risque de grimper rapidement entre nous deux. Un tonique aphrodisiaque pour pimenter le tout? Pourquoi pas? Un truc à effet rapide et prolongé, et sans doute complètement illusoire, c'est-à-dire en adéquation parfaite avec cet environnement totalement chimérique, mais très divertissant.

Comme si elle lisait dans mes pensées, Zanima s'arrête à un étal. La décoration de cette boutique, qui met en vedette un certain nombre de statues de jeunes mâles en érection, immortalisés dans une variété de positions, ne laisse planer aucun doute sur la nature de l'offre. Zanima semble connaître le marchand, un grand type barbu au regard illuminé. Elle lui lance deux ou trois courtes phrases dont je ne saisis pas un traitre mot et il lui répond sur le même ton. Le barbu lui remet ensuite quelques échantillons de ses produits miracle en mini-bouteille pour gogos en goguette. Zanima escamote les fioles quelque part sous sa jolie tenue d'exploratrice du cosmos, puis elle glisse son bras sous le mien. Elle me mordille le cou et me ronronne ensuite des syllabes félines qui flattent certaines de mes bestioles dans le bon sens de la peau. Je sens que cette promenade risque de m'ouvrir de nouveaux horizons azurés d'or.

Je pense soudain que j'ai finalement trouvé la femme que je cherche depuis si longtemps. Enfin, une de celles-là. Une de ces femmes que je suivrais volontiers jusqu'au bout du monde et peut-être même un peu plus loin. Cette Zanima est une sorte d'apparition céleste dans un corps de danseuse étoile adepte de sports extrêmes. Une féminité exacerbée et légèrement animale, auréolée de quelques scarifications rituelles. Et je note également un très joli tatouage de scorpion dans le plus simple appareil qui gambade sur son épaule nue.

— Vous aimez les scorpions, monsieur Milliard?

— Appelez-moi Émile ou autrement.

— Pourquoi autrement?

— J'ai déjà vécu un certain nombre de vies. Et j'espère qu'il y en aura d'autres.

— Vous changez d'identité d'une vie à l'autre?

— Il le faut bien.

— Arrêtez, vous me faites peur.

— J'adore vous faire peur. Vos yeux sont si merveilleux.

— Et si moi, je vous faisais peur maintenant, monsieur Émile Milliard. Et mille milliards de quoi exactement, en fin de compte, allez-vous me le dire un jour?

— Mille milliards d'identités différentes, je présume.

— Vous aimez les scorpions, Monsieur Milliard?

Notre petit circuit, dans le dédale de cette place publique envahie par un nombre incalculable de vendeurs, de produits et de visiteurs de tous genres, est un véritable délice. Cette Zanima est d'une intelligence rare. Elle pige la moindre de mes conneries pour en extirper tout le jus dans une improvisation verbale qui déjante joyeusement. Et qui se termine souvent dans des baisers intermi-nables qui nous laissent au bord du gouffre, là où se terrent nos furieuses ménageries. Nos corps se frôlent à peine, sauf pour ces baisers enivrants, tandis que nos esprits se livrent à des échanges profonds sous le couvert d'une folie doucement contagieuse.

— Vous aimez les émotions fortes, monsieur Milliard?

— Avec vous, je suis prêt à tout.

— Vous aimeriez que je vous torture la fraise sur une falaise en Malaisie?

— Vous aimeriez que je vous fouette dans la bouette à Saint-Tabarouette? répondis-je distraitement.

— Tabarouette? Qu'est-ce que c'est ça, un animal?

— Nous sommes tous des animaux, n'est-ce pas?

— Moi, je suis un arachnide de l'ordre des Scorpionidés. Et vous Émile?

— J'ai autant d'animaux intérieurs que d'identités cumulées.

110

— Vous êtes fou, mon petit Émile d'amour. Donnez-moi votre langue et votre meilleur baiser de cobra.

— Vous aimez les scorpions, ma jolie Zanima?

Et nous voilà repartis vers une autre cascade de rires fous et de fous rires ponctués de baisers aussi endiablés qu'ensorcelants, et de caresses de plus en plus excitantes. Je pense qu'il nous faudra trouver bientôt un endroit plus propice à la poursuite de ces prémices affriolantes.

— Avez-vous déjà baisé l'amour en apesanteur, me souffle Zanima à l'oreille avant de me la mordiller comme si elle dégustait un tentacule agonisant.

Zanima me fixe de ses grands yeux infiniment merveilleux, où je rêve de me perdre jusqu'à plus soif. Ses prunelles me rappellent un autre regard qui m'est tombé dessus il n'y pas si longtemps. Ça n'arrête jamais. C'était quand déjà cette vision hypnotique dans cette galerie folle où des fauves relativement virtuels s'en donnaient à pleine bouche et à cœur joie? Avant-hier ou avant le déluge, je ne saurais dire. Quoi qu'il en soit, je nous imagine déjà flottant en apesanteur tous les deux, occupés à nous envoler vers de nouvelles délices et prémices à l'exploration de nos émotions et de nos corps désarticulés. Il faudra sans doute prévoir une séance de massage avant et après nos folies volantes. Et je vois tout à coup un éclair de délire léger iriser le regard flamboyant de Zanima. Cette aventurière de l'improbable s'approche de moi et s'empare de mon corps avec ses quatre paires de bras, enfin c'est n'est qu'une impression, mais des plus délectables. Son parfum sauvage m'enveloppe comme une bulle soyeuse pendant qu'elle me soupire quelques mots à l'oreille.

— Oui, je pose parfois pour un peintre. Et je m'empare des âmes avec mon regard.

Ses yeux sont de véritables lasers. Zanima me regarde longtemps comme un scanneur analysant un objet quelconque. Son visage ne laisse poindre aucune émotion. Puis, un sourire malicieux se dessine sur sa petite gueule irrésistible et se transforme en un rire cristallin.

— Ah, je vous ai bien eu, mon petit monsieur Milliard!

— Vous êtes terrible, mademoiselle Zanima.

— Alors ça vous branche, la baise en apesanteur?

Je demeure sonné par le fait qu'elle puisse lire aussi facilement dans mes pensées. Mû par un réflexe épidermique inopiné, je ne trouve rien de mieux à faire que de la prendre dans mes bras, de manière à ce que ses pieds quittent le sol, avant de lui demander :

— Comme ça, par exemple?

Zanima n'apprécie pas mon initiative outre mesure et elle repose les pieds au sol. Elle se met à courir et je la suis comme son ombre. Nous quittons rapidement ce marché public pour nous enfoncer dans la jungle qui encercle le château de Minette. Dans notre course endiablée, nous apercevons de temps en temps des statues blanches de nymphes et de sylphides surdimensionnées qui s'amusent dans la forêt. On jurerait qu'elles sont aussi vivantes que des êtres humains, mais leur visage demeure impassible. Il y a maintenant un lion de pierre qui vient les rejoindre. Les quelques instants passés à admirer ces statues animées ont suffi à me faire perdre la trace de Zanima évanouie comme une antilope pourchassée par un fauve affamé.

Je reprends mon pas de course en me disant que je la rejoindrai bientôt, au-delà de la prochaine courbe de ce sentier sinueux ou un peu plus loin. Des images toujours plus délirantes virevoltent dans ma tête pendant que je m'essouffle à essayer de rejoindre Zanima. J'imagine soudain un scorpion géant qui m'attend de l'autre côté de cette petite colline que je m'affaire à grimper, pendant que mon rythme cardiaque fait des flammèches. Un scorpion géant arborant un tatouage inspiré de la silhouette de Zanima sur une de ses pinces qu'il me brandit à la figure.

Je sens que cet univers virtuel devient de plus en plus toxique pour mon système nerveux en déroute. Et si j'étais en train de devenir virtuel moi aussi? Je n'ai pas vraiment le goût de finir mes jours à titre de ressource humaine ou de viande à boucherie dans l'un de ces univers plus réels que la réalité. Une petite dose de poison ou d'élixir quelconque me ferait sans doute le plus grand bien. Je fouille mes poches pendant que je scrute le sentier et les environs à la recherche de cette Zanima. Mes réserves d'élixir sont toutefois aussi inexistantes que ma belle aventurière disparue.

J'arrive soudain au sommet de cette colline. À ma gauche, je vois un court sentier qui mène à une immense tour en pierres noircies par les siècles. Et Zanima la flamboyante qui ouvre la porte de cette construction d'un autre âge et qui me fait signe de me hâter.

— Allez Émile, on n'a pas toute la journée, crie-t-elle d'une voix enjouée.

Nous pénétrons dans cette tour d'un autre âge qui semble beaucoup plus vaste que son aspect extérieur ne le laisse supposer. Il règne ici une géométrie étonnante qui ne cesse de me réjouir. Et une atmosphère singulière suinte de ces vieilles pierres usées par les siècles. Il s'en dégage une impression d'éternité figée, de temps indéfiniment suspendu, comme une parenthèse dans cette course folle qui nous tue tous à petit feu. Je me sens à mi-chemin entre le nulle part et le rien du tout, et je vois des ombres étranges qui batifolent ici et là dans les coins les moins sombres de cette tour impressionnante.

— Ça vous plait, Émile?

— Où allons-nous?

— Nous avons une mission, dit Zanima.

— Vous n'êtes pas sérieuse.

— Eh oui, c'est comme ça. Vous avez vu cette lune immense?

— C'était quand déjà?

— Hier. Ça veut dire qu'une porte vers les étoiles s'est ouverte quelque part dans ce domaine. Et je veux la trouver.

— Pourquoi?

— Parce que c'est comme ça.

— On ne pourrait pas s'amuser un peu avant cette fameuse mission. Déguster un petit poison, prendre le temps de faire connaissance…

— Tu as l'air d'un petit poison, mon cher Émile.

— Un poison très potable, je dirais.

Zanima se retourne en direction de l'escalier qui monte vers le sommet de cette tour et elle s'y élance à grandes enjambées. Je sens que je ne survivrai pas encore très longtemps au rythme effréné de cette fille. La patate cardiaque va me frire dans la poitrine si je continue à courir comme ça derrière cette Zanima olympique.

Je m'assois dans les dernières marches de cet escalier en pierres. Puis, je repense à cette possibilité de baiser l'amour en apesanteur dont parlait Zanima. Qu'est-ce ça peut bien signifier dans son langage à elle? Existe-t-il vraiment un endroit dans ce domaine où l'on peut baiser en apesanteur? Rien n'est impossible ici-bas avec cette Minette atomique aux commandes. Et cette divine Zanima, qui est sans doute maintenant rendue quelque part dans la stratosphère. Je regarde vers le sommet de cette tour en me demandant si je devrai vraiment me taper cet escalier qui mène au ciel. Lequel au juste? On verra bien, me répondis-je innocemment comme d'habitude. Des images assez époustouflantes de baise en apesanteur titillent mes bestioles intérieures préférées pendant que j'envisage ces marches avec un certain ras le cœur ou rat le bol, je ne saurais mieux dire, devant autant de volupté différée.

— Émile Milliard de marches à grimper, crie soudain Zanima avant d'éclater d'un rire quasi bestial.

L'écho de son rire n'en finit plus de résonner dans la cage d'escalier pour venir me chatouiller l'animal. Je me lève avec la perspective d'user mes semelles et ma carcasse en déroute dans cette ascension hallucinante. Je constate tout à coup que la dimension réalité virtuelle de ce domaine de plus en plus étonnant prend subitement des proportions renversantes. Enfin, ce n'est sans doute pas la meilleure description possible du phénomène dont je suis maintenant le jouet incrédule.

À mesure que je monte les marches, je me sens de plus en plus léger. C'est complètement malade. Encore un ou deux étages et je vais me mettre à léviter. Je regarde vers le haut. Je vois Zanima qui flotte déjà dans les airs. Elle tourne sur elle-même au ralenti comme une astronaute en orbite et elle rit aux éclats. Elle enlève ensuite quelques-uns de ses rares vêtements, qui flottent bientôt autour d'elle comme des découpures d'une seconde peau devenue inutile.

— Viens me baiser jusqu'au ciel, Émile, mon chéri, lance-t-elle de son intonation la plus roucoulante.

◆◆◆

Chapitre 11 – L'écho du silence

Cette porte vers les étoiles, que nous avons traversée en baisant en apesanteur, nous a permis d'accéder à un niveau supérieur de ce jeu virtuel plus réel que la réalité. On ne se prive de rien. Le domaine de Minette et ses dépendances sont un lieu où un certain nombre de dimensions et d'univers se côtoient et s'entremêlent à qui mieux mieux, un entrepôt de mystères possibles et de folies impensables. Il n'y a pas grand-chose de trop beau ici-bas ou plutôt ici haut. Pas grand-chose.

Transis par nos galipettes interminables en apesanteur, nous nous sommes retrouvés au sommet de cette tour, étendus sur des chaises longues des plus confortables. Je me sens encore flotter légèrement dans l'air de temps à autre. C'est complètement capoté. Il ne suffirait sans doute de presque rien pour que je continue de grimper vers le ciel, irrémédiablement attiré par l'atmosphère, la stratosphère et quoi d'autre encore. J'aime autant ne pas trop y penser. Zanima m'expliquerait que ce sont les risques liés à la baise en apesanteur que j'en serais seulement à moitié surpris.

Curieusement, je me sens étrangement délié, libéré ou délibérément libertin, je ne saurais être moins explicite. On dirait que mes animaux intérieurs sont partis gambader très loin dans l'ailleurs d'un au-delà ou quelque chose comme ci, comme ça. Je ne me suis jamais senti aussi léger depuis ma naissance. Trop léger, sans doute. J'envisage maintenant de quitter cet endroit en catimini avant d'être aspiré par ce ciel beaucoup trop bleu. Je tente de me lever, mais je dois m'agripper aussi vite au mobilier de cette terrasse démente. J'ai failli être aspiré par l'atmosphère.

— Pas si vite, fait Zanima en me retenant par le bras.

Avec l'aide de Zanima, je parviens tant bien que mal à reprendre ma place, allongé auprès d'elle dans ce meuble céleste comme un cumulus.

— Cesse un peu de bouger, dit Zanima.

Je regarde ce ciel éclatant. Ce bleu précis est une couleur indispensable à ma santé mentale. Enfin, à ma vision personnelle de la santé mentale, qui consiste à maintenir une certaine distinction opérationnelle entre le rêve, la réalité, la fiction, les mondes virtuels, parallèles, obliques ou de l'au-delà, la connerie ordinaire, la connerie de grand luxe et un certain nombre d'autres affaires qui n'ont tout simplement pas d'allure. Quelque part entre le chaos total et la vie relativement normale. Mais le domaine de Minette n'entre pas dans ces catégories, si vastes soient-elles.

Par ailleurs, je pense que je suis enfin arrivé là où je dois être. Peu importe ce que ça peut bien vouloir dire. Un petit goût de prophétie me chatouille l'intérieur, mais la peur bleue de finir aspiré par ce ciel trop parfait risque de me tuer avant longtemps. Et cette peur panique est également en train de provoquer une mutation irrémédiable de mon joli cervelet incendié. Je sens mon code génétique passer à une puissance supérieure. Serai-je le prochain surhomme à fouler les traces de tous ces demi-dieux qui ont fait rêver les humains depuis toujours? Et si c'était mon destin que je vois maintenant chatoyer dans le noir sombre de ma longue nuit à cheminer dans ces déserts torrides? Et si c'était l'ombre de mon destin ou le destin de mon ombre ou les deux à la fois, et si, et si et si, et ça, et ça, et ça? La voix de ma conscience ne cesse de me surprendre depuis un certain temps. Enfin, une de ces nombreuses voix qui s'expriment à tour de rôle sur mes fréquences personnelles.

Des images de nos folies en apesanteur reviennent me court-circuiter les idées dès que je ferme les yeux sur ce ciel trop bleu qui me terrorise. Cette baise en apesanteur restera gravée à jamais dans ma mémoire ressuscitée. Pendant combien de temps avons-nous virevolté dans le vide en nous dévorant mutuellement comme des piranhas affamés? J'ose à peine regarder mon corps nu allongé dans ce fauteuil. Lacérations, ecchymoses et autres blessures, superficielles heureusement, témoignent de notre fougue. En état d'apesanteur, il n'y a plus de différence entre les murs, les plafonds et les planchers, et toute action entraîne une réaction contraire de force équivalente. Deux bêtes sauvages qui baisent en apesanteur s'exposent donc à un nombre incalculable de chocs sur une variété d'obstacles. Mais le plus grand risque demeure celui de ne pas vouloir redescendre. Et de continuer à baiser jusqu'à la fin des temps ou jusqu'au couic terminal, le premier des deux prévalant.

116

C'était complètement délirant ces galipettes volantes. J'ai rajeuni de dix ans pendant que j'étais là-haut et vieilli de vingt ans en redescendant, mais j'y retournerais n'importe quand. Comme ça doit être sublime de mourir en apesanteur dans un dernier orgasme. Je crois bien que c'est ce qui m'est arrivé. Je suis probablement rendu de l'autre côté du miroir ou du grimoire ou simplement mort. J'espère que le service du renseignement a filmé la chose dans ses moindres détails.

J'ouvre les paupières et je regarde ma démone volante étendue les yeux fermés, dans un état de relaxation avancé. Zanima s'est assoupie et elle geint de plaisir de temps à autre. Elle bouge un peu son corps merveilleux, se caresse un sein, celui qui est percé d'un petit anneau doré, et elle soupire savoureusement. Un début de sourire chatouille parfois ses lèvres. Je referme les yeux et je revois ce corps félin qui virevolte devant et autour de moi, qui m'attaque, qui me traque, qui me masse, qui me caresse, qui me viole, qui me fouette, qui me griffe, qui m'agrippe par la queue, qui m'arrache la peau des yeux. Et je perds la carte une fois de plus au nirvana des gigolos errants de banlieues cossues.

Et je constate que ce nirvana-là m'offre une saveur unique, un parfum obsédant que mes autres univers parallèles ne m'ont encore jamais proposé, même en fin de soirée, après la dernière tournée, à l'heure où le soleil hésite à se lever. Et je le comprends très bien. Le soleil et moi sommes de vieux potes. Nous tournons indéfiniment dans le vide le plus total.

Ce que je comprends un peu moins, c'est la texture intime de ce nirvana-là dans lequel je viens de m'engouffrer. Je devrais être déjà mort de peur à la simple pensée d'ouvrir les yeux sur ce ciel capable de m'aspirer. Contre toute logique, je pense que c'est précisément cette hantise de mourir dans ce vide uniformément bleu qui propulse mon esprit à un niveau supérieur. Je ne suis pas endormi, ni évanoui, ni même mort, mais je deviens simplement autre chose que mon petit moi-même. C'est tout simplement fabuleux et angoissant, une véritable torture, un supplice merveilleux, oserais-je dire. Tout à coup, je sens la pesanteur de mon corps soudainement retrouvée me clouer comme un poids mort dans mon fauteuil. Comme si je revenais à la vie, métamorphosé, anéanti. Une fatigue immense s'abat soudain sur moi avec le retour de ma masse corporelle temporairement évaporée, et je glisse dans le sommeil comme une feuille à l'agonie.

Mon esprit surnage un moment dans une foule d'images follement désarticulées. Et je constate ensuite que je flotte doucement avec une douzaine de filles nues dans un lac arrosé par une chute et situé en pleine jungle. Ces femmes sont de véritables diablesses. Le contact de l'eau les rend euphoriques et flamboyantes. Je suis au paradis. Un paradis liquide de toutes les beautés. Je me fais attaquer, mordiller, caresser, griffer, violer. Elles sont complètement folles et si douces parfois, puis surexcitées, électrisées et survoltées. Nous voici maintenant agrippés l'un et les unes aux autres, enfin, je m'égare sérieusement au milieu de ce tourbillon de seins, de bras, de jambes, de fesses, de lèvres, petites ou grandes, de dents, d'ongles et de cheveux, et je pense que je fais finir par mourir asphyxié par tant de beautés sauvages et déchaînées.

Je réussis tant bien que mal à m'extirper de ce maelstrom en furie pour me faufiler vers ce grand rocher plat qui prend soudain des airs d'oasis après la tempête. J'y tombe démoli de fatigue dans un état d'excitation fébrile. Les cris de ces douze volcans femelles continuent de résonner près de moi, dans cette jungle aux milliards de bruits parfaitement orchestrés depuis la nuit des temps.

Pendant que je frétille encore un peu sur ce rocher comme un poisson privé d'eau, la symphonie sonore de cette jungle me raconte une histoire. L'aventure d'un gars perdu avec douze femmes nues qui lui sautent dessus pour le zigouiller de plaisir.

J'ouvre les yeux. Elles sont là toutes les douze autour de moi avec une idée fixe dans le regard : me liquider de plaisir. Je referme les yeux et me prépare au pire du meilleur en espérant que tous les modules de mon véhicule personnel sont prêts à l'action.

Puis, je sens une main qui me tapote la joue, qui me secoue l'épaule, qui me chatouille, qui me pince les côtes et qui s'aventure ensuite dans la zone magique de mon éros ratatiné. Je me réveille hagard, toujours étendu dans cette chaise longue, face à ce ciel bleu incomparable. Et je vois cette sublime Zanima qui glisse maintenant son corps nu sur le mien tout en rauquant joyeusement.

— Viens dans mon rêve, lui dis-je en m'emparant de sa carcasse caressante.

— J'y suis déjà, répond Zanima.

Table des matières